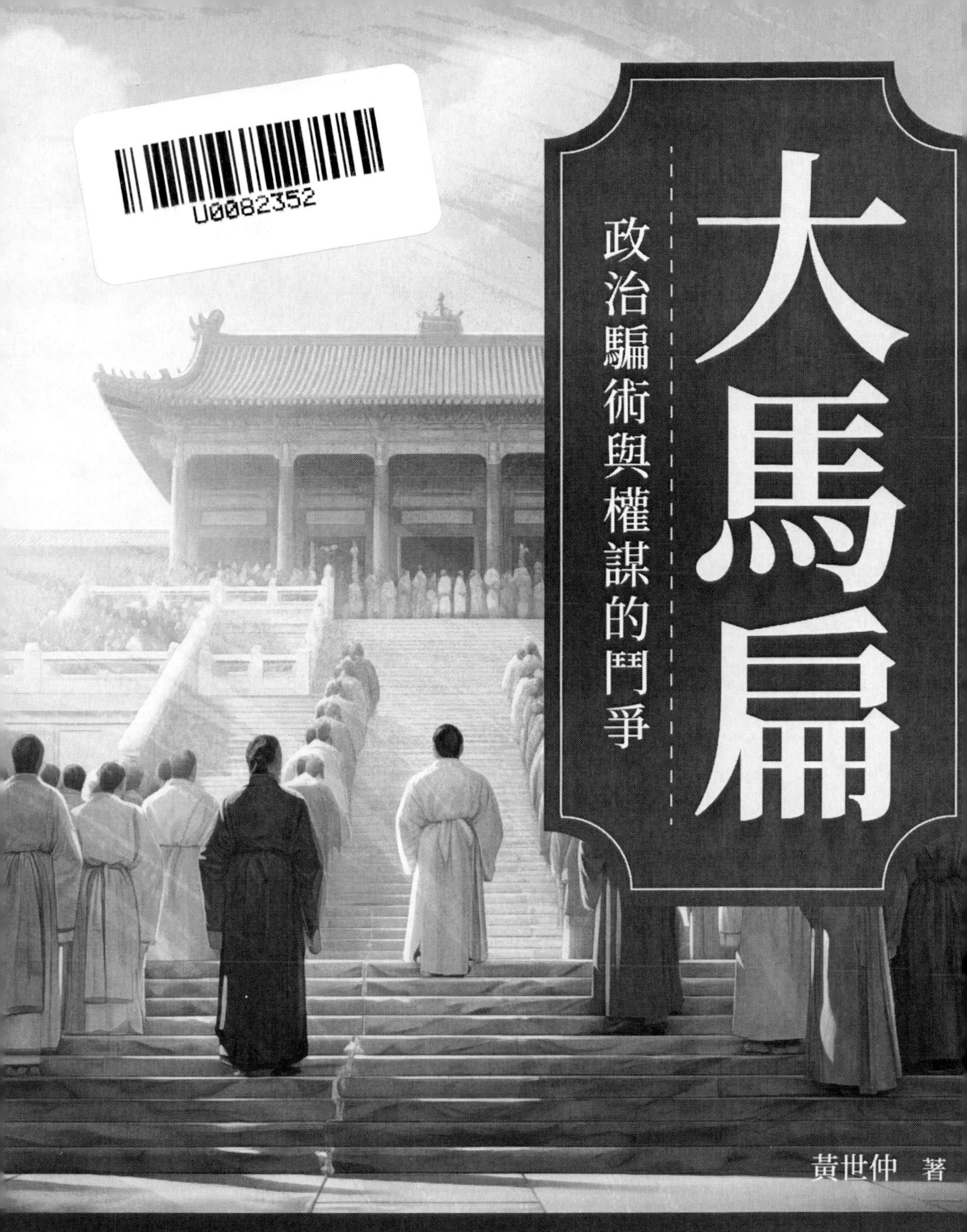

大馬扁

政治騙術與權謀的鬥爭

黃世仲 著

「政權，自古以來便由許多高明的騙術所堆疊而起」

政治家、學者、官員、反叛者……

每個角色皆有其動機和目標，且看人性抉擇於政治迷宮中！

目錄

第一回

康無賴館堂出奇醜　繆文豪京邸著新書

第一回　康無賴館堂出奇醜　繆文豪京邸著新書

詩曰：

紛紛世事似殘棋，末路天涯最可悲；
保國保皇原是假，為賢為聖總相欺。
未諳貨殖稱商祖，也學耶穌無教師；
君死未能從地下，賜環何日更無期！

兄弟想你們也看過《東周列國演義》的了，那呂不韋曾問他侍妾趙氏道：「扶立一人為王，其利何如？」因當日秦王把太子王孫異人為質於趙，呂不韋見了，謂王孫異人是奇貨可居，這一句話今日人人能說的。誰想今日還有人抱一個皇帝當是奇貨可居的，這就奇了。而今且說出那人是誰？就是清廷當他是一個大大欽犯的，那人姓康名有為號長素，論起他的名字，盡有個原故：那有為二字是富有四海貴為天子之意，那長素二字因孔子稱為素王，他就要長於素王之意。就他的名字想起來，可見姓康的人格。初時想做皇帝要改有為名字，後來量自己做皇帝不來，就要做聖人，因此稱為長素。說書人且慢慢說來，看他配做聖人不配，就明白了。閒語少說。

且說康有為本廣東省南海縣西樵人氏。他父親名康贊修，是個舉人身分，因為出身做官，在縣裡因事替清廷盡忠死了，清廷就賞了康有為一個蔭生。他有位族中兄長喚做康有濟，那一年竟進了邑庠，就合族慶鬧起來。那康有為本最好自誇的，奈這時讀了十來年書籍沒點長進，偏是康有濟反得個生員回來，心中頗覺羞愧，便認真在八股裡頭做點工夫。奈應了幾次童試不能獲售，就是府縣試也不曾前列過一次，肚子裡好不憂鬱！自忖天天自誇自大，若科場不得志，盡會被人識破的。就轉過一點法子，說稱自己是不要考小試的，將來時來運到，就不難進身了。但口中雖如此說，究竟不能令人輕信的。左思右想，明知自己工夫不大好，但口裡斷不能認一句不好的，便再要尋師求學，好為應試之計。因一日求科舉不得，便一日心裡不安。

恰那年從學的那位老師姓朱名次琦，別字子勷，在九江本籍授徒。那朱次琦本是一個進士，曾任山西襄陵知縣，辭官後，已設帳課學多年。論起朱次琦那人，實是個道學先生，所以一切館規，倒與尋常不同：凡衣服不能穿綢縐，非父兄請假不能出進，很是嚴肅的。那康有為是個狂蕩之人，哪裡受得這般管束，故初時唯買通館童偷自出去，或夜裡不在館歇宿，就把床子放下帳子，又把鞋子放床口地上，好欺騙朱次琦。朱次琦哪裡懂得他的詭祕，所以康有為就掩飾了數月，但畢竟不能自由。正要逃學而去，猛然想起那朱次琦是有名的道學，若從他三兩年，盡增些名望，他日可以對人稱聖稱賢。因此便勉強忍耐，自己反裝起道學來，改穿兩件布衣，登一對布鞋，扮得十分樸素，行動也裝作平正，言語也裝做端方，連同學的房子也不進去談天。又天天拿著本書，亂哦亂讀，好像十分勤學一般。看官試想：康有為這些人，放蕩慣了，一旦如此，不知捱了無數辛苦，志在博個虛名。恰到那年又是小試之期，同學的倒紛紛前往應試，單是康有為不去。朱次琦見得他可異。因九江離西樵不遠，早知康有為因求名不遂，已悻悻不樂，今忽然不願應試，料知他必有個原因。原來康有為自己要誇張好文學，若仍不獲售，更為失羞，故不如自高自大，裝造不考小試，就是這個原故。當下康有為在朱館念了兩年書，便出來到省城居住。

到了次年已是鄉科，本來他是個蔭監生，盡可考遺才應鄉舉，他卻自忖，南闈由監生中舉的額數很少，料自己斷不能取中，不如走赴北闈應順天鄉舉，還易一點。便打算籌備費用入京。唯往返及應試使用，統通算來，盡要數百金才得。他自己是不名一錢的，如何去得，唯有向親朋借貸。又想，自己縱然要應北闈，亦不宜對人說，因防不能中舉回來，為因從前誇口，不免被人恥笑。是以這回入京，總須祕密，中得時好對人說。若不能中舉，就認沒有赴應北闈便是。只是要個人借款，究借什麼名目才好？想了想忽得了一計，分頭向親朋借貸，或三二十元或一二十元不等，只說有事應用，並不說要籌程費。果然尋著十來人借了，湊成三幾百銀子，不動聲色，附輪往北京而來。先到南海館住下。

這時廣東赴北闈的原有千數百人，康有為要擺自己架子，不免矜奇立異，凡有向他請問名姓的，他只說一個康字，便不說不去。又有問他道：「你只說一個字，誰知得你的名字呢？」康有為道：「我提出一個康字，還不識我嗎？」各人聽得，都道他荒謬，就拂袖去了。因此上凡識得他是康有為的，都不屑與他說話。那康有為又因京城裡許多同鄉京官，自己恨不能巴結上一名舉人進士，只是個蔭監生，實在失色。於是逢人說話，就稱自己是康布衣，並不認是蔭生。又有問他：「因怎地要稱布衣的？」康有為道：「我是不屑做官不屑求名的，就要自稱布衣。」各人聽得，暗忖他明明是到來赴應北闈，如何又稱不屑求名？真是奇怪！有些忍不住的，就駁他道：「你說不屑求名，你這回因何又來赴應北闈呢？」康有為道：「我並不是來應北闈，不過是來京遊玩的罷了。因我若要求名，不知中舉中進士入詞館幾時了，還待今日麼？」各人聽了，又見他言語真不入耳，自此更不與他相見了。康有為見人人鄙厭自己，便更裝成獨立不羈，好像廣東全省的人，倒不配與他交處一樣。

那日合當有事，正廣東會館祀魁之時，大小官員倒先後到了。那康有為欲乘這個機會出個驚人手段，便預早到了。先到大堂，踞了上座。凡有到來的，他卻置之不理，亦不招呼，只煌然高坐。不多時，侍讀學士李文田到來，突見一人在大堂踞了上位，卻不認得是康有為。唯人叢中許多認得他的，倒竊竊議論。李文田以為他是別省什麼佳客，急拉一人至僻處問個底細。卻答道：「什麼佳客！他不過是廣東人新到來取應北闈的，名喚康有為便是。」李文田心中大怒，正要扯他下來，忽報吏部侍郎許應騤來了，一切人都肅立恭迎，李文田也並出來迎接到裡面。本來這個上首位正是許應騤坐的，李文田便直向康有為道：「這個座位卻不是你應坐的，快些下來，免至出醜！」康有為道：「天下達尊三，爵一、齒一、德一，任你如何老成，我先人為國盡忠，故我也是個難（灰）蔭生，又有德之人，三達尊我有其二，盡該坐這位，你不必多管！」李文田正欲答言，旁邊先有一位駁他道：「你昨天才說是不屑求名的自稱布衣，今天又誇自己是蔭生麼？」康有為已滿面通紅，不能答語。李文田又道：「這裡是北京，是朝廷所在，朝廷莫如爵。這廣東館又是同鄉聚集地，論鄉黨又莫如齒，你是無爵無齒之人，若果有德，待你真能輔世長民時再說罷了。」康有為更不能答，那些鄙他的便一齊扯了康有為下來，然後分坐以次行禮。

那康有為這回當場出醜，更不敢再留在廣東館。快些急步跑出來，垂頭喪氣回至南海館裡。閉上房門，翻身躺在床上，覺這一口氣非同小可。自忖道，不過因姓許的是個侍郎，他們就巴結他，要扯自己下來，讓他坐去。在大庭廣眾之中，如此沒面目，怎好見人？因此反恨李文田不已。但究竟無可如何，整整在房子裡兩天也不敢出來，連飯也不敢吃，只在房子裡吃些乾糧充饑。才兩天，連乾糧也吃盡了。難道自要餓死？才勉強開門出來，仍低頭俯首，不敢像從前傲氣。偏那些同寓的人又說三說四，要來嘲諷他，個個把《孟子》書「朝廷莫如爵」三句當念書一般。又有些說道：「布衣耶，蔭生耶？赴北闈耶，不屑求名耶？」你一言，我一語，氣得康有為有氣沒處伸。康有為自忖如此受辱，料在這裡安身不牢。且自己說過不屑求名，又不認是到來應試，將來盡要入場的，豈不是令人知見，如何是好？那時欲要回粵時，又捨不得這場科試，好歹皇天庇佑，要中名舉人。若不回去，怕入場時既被人譏諷，若不幸名落孫山，那時更自難堪。想了又想，沒奈何，把行李遷至朋友處，然後進場。

已非一日，已是場期，康有為便檢執了考籃，進場去了。一連進了三場出來，凡所作的文字，自然心裡自讚。有時向人說及場裡文章，就自誇道：「可惜順天鄉試歷科解元都是直隸的，若不然，我這場文字還不中解元麼？但雖不得解元，亦盡中五名前的了。」這等話逢人便說。自出場後，天天望開榜，更心裡形容開榜中了怎麼樣？簪花拜客怎麼樣？回籍謁祖怎麼樣？好似賭仔望贏彩一般。不提防到了開榜之期，那康有為就整夜不睡，聽候報喜。不想自第六名起，直至榜尾，總沒自己名字。朋友見的因日前他太過誇口，到時也不好意思，只得慰道：「還有經魁五名，盡有分兒的。」康有為道：「不差，我這回定然是經魁的。」及到天明，不特沒康有為名字，連一個康字也沒有，康有為好不大失意，忽轉念猶望得一名副榜也好，誰想連副榜也不見己名，一場掃興！雖不中也不打緊，奈自己日前誇大口，皆由望中舉人之心熱度過甚，到這時更自無味。正要收拾行李回去，忽憶起自己來時，在廣東並不認是來赴北闈，若急切回去，怎能避得赴北闈之名？不如暫留京城也好。唯留在京裡，凡是廣東人都不願與自己相交，不如結交些外省人，不識得自己底蘊的更妙。

便央人介紹，要結交外省的人。恰可那協辦大學士戶部尚書軍機大臣翁同龢正提倡《公羊》學的時候，因翁大學士是個上書房師傅，毓慶宮行走，故在軍機裡很有權的。一切京官倒趨風氣，要講《公羊》，一來望升官，二來望放差，自然要迎合翁同龢的意旨。凡在翰苑人員，什麼公羊婆羊之聲不絕於耳。就中最著的如王仁堪、文廷式、姜劍雲、繆寄萍都在翰林院裡算一時大文豪的。康有為細想王仁堪曾任廣東主考，文廷式又在廣東住了十來年，料不曾聞得自己名字，必瞧自己不上，不如結交姜繆二人罷了。便親自悄悄走往琉璃廠，先買了一部《公羊》回來，不分日夜，看了兩天，便攜名刺往見繆寄萍。原來那繆寄萍最好結交文士，凡文士到來，無不接見的。當下接進去分坐後，先通了姓名，康有為說幾句寒暄話，就趕速說到《公羊》去。那繆寄萍見康有為要說《公羊》，已見得奇異。唯康有為正最近看了《公羊》，自然說得一二，繆寄萍更大發議論說起來，康有為又隨他口氣來說，繆寄萍不勝之喜，便拿了一部自撰的原稿出來，面上寫著是《新學偽經辨》五個字，交康有為看，隨道：「這是小弟新著的，要再勘然後出版，老兄請賜一觀。」康有為接著看了，覺內裡大意是尊重《公羊》，以左氏為非真的。自忖道：若得此稿，自己出名字刊了行世，不患無名譽。便一頭看，一頭要計算賺騙繆寄萍之書。正是：

未得科名殊失志，欲謀著述博能文。

要知後事如何，且聽下回分解。

第二回

遇棍徒繆寄萍失書　爭山長康有為喪氣

話說繆寄萍接見康有為，即把自己新著《新學偽經辨》一書給康有為看。康有為看了，覺內裡說《左氏春秋》是偽經，不過漢時劉歆所著，託諸左氏之名，且言孔子作春秋以素王改元稱制。其中無論合與不合，但這等議論實是新奇。若此書當作是自己所著，出俺康某的名刊刻了，盡博得個名譽。但不知用什麼計策能賺得此書？繼又想道：若賺得此書，縱然中不得舉人，回去仍掛起一個不屑考試的招牌，像孔子杏壇設帳一般也好。況且孔子可以改元稱制，我亦盡可改元稱制。那時，盡有些好奇慕異的到我處從學，就不患沒個虛名。既得虛名，又不患不賺得金錢使用。當下想入非非，一頭說一頭要弄計賺騙繆寄萍的書。再談一會，就說道：「足下大著，真是眼光如炬！但小弟倉卒不能詳細拜讀，請借回去一看，待拜讀過後，當即送還便是。」那繆寄萍雖有文名，仍是有點謙虛的，就答道：「彼此知心，便互相切磋，有何不可？但此書是小弟費多少工夫著得來，總祈不可失去。」康有為道：「小弟實視大著如金科玉律，珍重不過的，哪有失去的道理？請足下放心罷。」看見繆寄萍已應允借書，便不再久坐，立即興辭而去。

回至寓裡，見人就說道：「這書是繆寄萍所著，託弟刪改的。」這些話，以為繆寄萍是個有文名之人，且要託他改削，可見自己是很有學問的了。其中聽得的又不知託他刪改的是什麼書，有信他是真，亦有知他是假。康有為卻不多管，自賺得那部《新學偽經辨》，就立刻打點離京，直回廣東而來。那繆寄萍自被康有為借去那書之後，一連幾天不見康有為交回，心中焦灼，即著人投函康有為住址，要索回那部書。不料到康有為的寓處，都回稱沒有康有為那人。原來康有為往訪繆寄萍時，並不說真住址。繆寄萍料知康有為是來圖騙自己，這時他必已回廣東去，欲寄書來廣東責問他，又不知寄書哪處。氣得繆寄萍七竅生煙，因此逢著廣東京官，就問康有為現住廣東那裡？也說起他騙書一事。那些廣東同鄉官都道：「虧你還信康有為那人！我廣東人那個不喚他做癲康？實則他詐癲扮戇，專一欺騙他人。本沒點學問，又自稱要做孔子，其實不過是個無賴子罷了。你自己著了一部書，怕不多時，他要出自己名字，當是自己著的，要出版行世好騙人去呢。」繆寄萍聽得廣東同鄉官各人之言，也目瞪口呆，懊悔不及。後來數月，繆寄萍因病在京身故，康有為騙他的書，再沒追究，這是後話不提。

且說康有為回到廣東，因自己不能中舉，以為羞恥。所以親朋有到來問他是否到京應試的，他倒一概不認。只說往北京遊覽，並沒有進場。縱然有知得他的，他唯有放厚麵皮，沒命的說謊便了。只是日前因入京，幾次親朋借下銀兩，此時不免到來討問，康有為沒得償還，就自說道：「日前與諸位借下銀子，實因小弟最近著了一書，要尋本錢來出版，故出於借貸。待此書出版賣得款後，定然清楚，總求賞臉，再延幾時罷了。」各債主聽罷，細想他要賣了書然後還債，正是「俟河之清，人壽幾何」。但他如此無賴，正如財到光棍手，問他亦是無用。落得強做人情，便不再討問。康有為好不得意，一面把賺得《新學偽經辨》一書改了一字名為《新學偽經考》，即付梓出版。又忖北京裡頭自翁同龢以下，一切文臣都講《公羊》學，凡翰苑中人倒趨風氣，看來自己求科名一件事是緊要的。因不時要把《公羊》來看，凡與人相見，不過兩三句，就提出《公羊》兩字來。約一月後，那《新學偽經考》已經出版，因廣東靠北京較遠，且繆寄萍又已棄世，有哪個知道那書不是康有為著的？在那書本不算得合理，但當時好奇之風，一百人中有九十人以為非，盡有十人以為是，自然有些人來看康有為。那康有為此時，料知來見的中了自己計策，又自忖他們既然中計，總要自尊自大才好，令他們顛倒。因此逢著他們，自稱己是康夫子，指天畫地的亂說。原來康有為卻有騙人手段，見到稍有聰明的，就讚歎他以為籠絡之計。見到愚昧的，便出誇張手段，所以一切愚昧的，盡有驚他為神聖的了。

康有為見自己虛名漸漸出現，次日就在城裡覓了一間館地，貼起《康館》兩個字來。果然有十數人從遊他，那十數人為首一名，是姓陳名千秋，字禮吉，是南海人氏，文字本不大好，卻有一點口角聰明。他從前見不甚出名，就說歷來從學的老師，總不認得他文字，故借從遊康館以為奇異。康有為更乘勢贊獎他，自然相得。第二名姓梁，名啟超，字焯如，是新會人氏，那人本有些文學，卻得同邑舉人譚彪指點得來，亦曾在呂拔湖、陳梅屏兩舉人處從學。那時已中了舉，因為年少見識不定，就中了康有為的毒，要從遊他。其次如林魁字偉如，徐勤字君勉等十來人，到了康館後，康有為這時見學生太少，已鬱鬱不樂，唯外面還撐住架子。那日對學生道：「某今日可謂得天下英才而教育之，有朋自遠方來，不亦樂乎？」說了幾句話。

看官試想：世間人本沒一個不好戴高帽子的，今見康有為讚他是天下英才，都喜得手舞足蹈。康有為又忖，自己是個師長，真要裝幾分老成才好。便天天穿著粗衣布履，裝得十分樸實，言語也不多說，行動時卻步步踏正，嚴嚴肅肅。這樣說來，你道可惱還是可笑呢？但有一件奇處，那康有為在館雖如此裝整，只是夜裡常常不在館歇宿，你道什麼原故呢？因康有為那一種色心是很重的，每晚飯之後，也走到娼妓地方留宿，到了次日方始回館。其中有些朋友同行的，也說道：「你天天裝得這般老實，偏夜夜宿柳眠花，就不是事了。」康有為答道：「昔李續賓當咸同年間帶兵，每到一處，就搶奪良家婦女到營裡快活。曾有御史參他，那咸豐帝竟道是：好色乃武夫小節，絕不追究。那李續賓好不感激，後來竟在三河殉難盡忠去了。足下此言真少見多怪！」那些朋友又道：「李續賓只是以漢人淫掠漢人婦女，滿人自然不怪他。且李續賓也未嘗裝做道學的，足下天天要做孔子，難道孔子也夜夜嫖妓不成？」這一番說話，康有為真沒得可答。唯他雖經朋友挫折，究竟性還不改。初時猶瞞了學生，漸漸學生也知道了。

論起那些學生，既知道康有為是外道學內小人，本該知他不是個正派，怎奈康有為偏善籠絡，沒一天不贊學生好的，因為自己要做孔子，就把門下學生各改了一個賢名：改陳千秋的喚做超回，改梁啟超喚做軼賜，即是言超於顏回軼於子貢之意。那些學生好不歡喜，因此又紛紛替康有為招羅學生，凡在省城讀書的朋友，各自運動他去康有為處從學，那時又增多十數人。康有為一發得意，每到出堂講書，自己說起時，也稱自己是康子，故當時附近鄰館說出康館來，不知幾多笑柄。那康有為師徒總不計較，以為任他笑罵，唯將來自己一定是聖賢的。話休煩絮。

且說當時任兩廣總督的正是直隸南皮張之洞。那張之洞字香濤，又字孝達，本翰林及第出身。由山西巡撫調來兩廣，已經數年。想起從前粵督阮元創設學海堂提倡文風，也留得個名譽，在廣東省裡便要步他後塵，好博個名聲。就創了一間廣雅書院，凡系兩廣人，舉、貢、生、監盡可考進讀書。那院規較別間書院尤嚴，志在造育文才，實科舉時代不足怪的。恰可那廣雅書院的山長梁鼎芬已經滿任，將行另請別人充當那席位。那康有為聽得廣雅書院的山長定例薪水甚優，自忖若得這一席，那些進息盡過得，年中二三千金實勝過自己授徒幾倍，年中儘夠揮霍。便決意要鑽營這個山長席位，已託人斡旋多次，其中聽得的，都以他為狂妄。因那許大的書院，那山長定須甲班翰林，方能請他。奈康有為以為自己不知有幾許聲價，為多謀些進款之故，不畏出醜，要覬覦這個席位。當時他託人鑽營，有直辭是說不來的。又有見他奢望，故意揶揄他的，就答道：「盡可使得，因足下許大文名，張督那裡若不請足下，還請誰人呢？」康有為道：「不差，因張督亦是能文的，料然最喜歡《公羊》學。試想廣東省裡頭雖有許多進士翰林，若論《公羊》學，盡讓俺康某坐第一把交椅。故若在張督跟前一說，就沒有不請我的了。」那些揶揄他的聽了，倒不免暗笑。唯康有為得意洋洋，以為戲他之言是真，也當廣雅書院山長的席位，定到他手裡。

回館後，即大集學生說道：「我這館位住不久了。」各學生紛問其故，康有為道：「因廣雅書院山長一席，今番定須聘我的，我為教育人才起見，不得不去。」各學生聽得，不免以為奇異，便問道：「聞廣雅裡頭，非舉、貢、生、監不能進去讀書，那學生尚要舉、貢、生、監方有進院讀書的資格，恐做山長的必須翰林進士才使得呢。」康有為怒道：「你們真不懂事！今時風氣還同往日麼？你道我不曾中舉，就不能教得舉、貢、生、監麼？就是現在我館裡頭還有舉人生員從學呢？」說著指住梁啟超道：「那姓梁的軼賜不是舉人麼？不論什麼學問，近今中國盡算我了。況且前任的山長梁鼎芬，他雖然點過翰林回來，但已革了多時，就不算是翰林了。是那梁鼎芬皮底子只像我一般，難道他做得那山長，我就做不得不成？」各學生聽到這裡，倒不敢造聲而退。康有為回至房裡，滿意望所託的朋友快來回報，好打點往廣雅書院上場。

正胡思亂想，忽門房傳進一個名刺進來，康有為細視那名帖，是「朱一新」三字。原來那朱一新號鼎甫，本浙江人氏，亦由翰林出身，曾任監察御史，那時已到了廣東。康有為見他來會，憶起從前是與他認識的，即接進裡面。分坐後，康有為道：「足下一旦光臨，有何賜教？」朱一新道：「沒什麼事，因貴省張督帥請小弟充當廣雅書院山長，所以小弟到各朋友處一坐，說一聲。就各家大館，小弟也到過來，因貴省多才，小弟謬膺張督重聘，統望指教指教。」這些話那康有為不聽猶自可，聽了，登時面色變起來。因自己正希望得這個地位，一來多得些款項來應酬揮霍，二來聲價也增許多。今忽聞請了朱一新，自然憤怒。且方才自己正對學生說得高興，忽聞此語，不特掃興，實在失羞。又想日前自己託許多人鑽營，不論得與不得，因何不回覆自己？想罷，更忍耐不住，便說道：「你做廣雅山長麼，可是真的？」朱一新道：「哪有不真？難道這些事還不顧面要說謊麼？」那幾句話又打著康有為心坎。康有為又道：「你可有應允沒有？」朱一新道：「推辭不得，已應允了。足下因何要大驚小怪呢？」康有為一想，道：「實在說，因小弟聽得那席位，張督起意要聘小弟的，足下有什麼手段移過自己來？」朱一新笑道：「足下莫錯聽，偌大書院的山長，哪有要用一個蔭監生的道理？」康有為當下聽得這話，又羞又憤，不免暴躁起來。正是：

可憐今日難爭氣，只恨當年未進身。

要知康有為更說出什麼話來，且聽下回分解。

第三回

熱名場偽聖掇鄉科　落孫山公車陳腐策

話說朱一新到康有為處，說稱自己將充廣雅山長，有為也大失所望。即說道：「足下之言可是真的？」朱一新道：「這等事哪裡敢說謊？」康有為道：「是張督聘請足下的麼？」朱一新見他問得奇異，料知他是熱中這席位的，唯付之一笑，即興辭而去。康有為送朱一新去後，想起自己曾對學生說是自己將做廣雅山長，今一旦落空，心中不免羞恥。那日正出堂講書，開口就說道：「吾道其不行矣！」學生紛問其故，康有為便說道：「張督本欲請我當廣雅山長一席，滿望教育人才，不負生平所學。不意為讒言所中，今已改聘他人，豈不可憤？」說罷，也流起淚來。時學生中也許多疑他因謀個山長不到手，就如此氣惱，實屬無謂。且區區一個監生，望做兩廣的山長，亦殊不自量！奈學生雖如此想，但以自己既已從他，若反說他不是，未免令人恥笑。便有的對康有為說道：「想這個山長地位盡論科甲資格的，趁今年已是鄉科，就在本省赴闈取應，望一帆風順，中舉人，中進士，出身加民，便是不負所學呢。」康有為道：「哪裡說，我不是要求科名的，赴闈取應卻不是我的志氣。」說著，各人無話。康有為回至房裡，細想今日學生說的去赴鄉闈，實打中自己的心坎，自己實渴望中名舉人，但當學生面已說過不是要求科名的，將來到了進闈，又不好意思。

正待躊躇，忽見學生梁啟超、林魁進來，笑道：「現今天見紅單派出廣東的正主考是姓顧名璜的，他在北京時善趨風氣，是天天說《公羊》學的人，這回科場，先生不可不一走。」康有為聽了，已眉飛色舞問：「真是顧璜麼？」梁、林二人齊道：「哪有不真？現在闔城傳遍了。」康有為道：「如此，也是造化，不可失此機會。」梁、林二人去了，康有為猛省起日前自己說過不是要科名的，今日又說不可失此機會，豈不是自相矛盾？但話已說出，實駟不及舌。原來康有為本第一個熱心科舉的人，唯天天說希聖希賢，故裝做抱道自重的，不敢說要求名三個字。在學生何嘗不知？但那些學生有舉人的，有生員的，當初從遊康有為一個監生，已被人嘲笑。故此時學生唯有硬著鋪張康有為，任有為有什麼破綻，倒不敢對人說。康有為亦知學生已受自己所愚，故更為得意，便立意以監生應考。又忖欲赴鄉科，先考遺才，那監生遺才，又不易出的。若連遺才倒考不得，實於名聲大礙，盡要設個法子才好。好幸每屆大科之期，先弄科場的人，每有監生遺才的關節。康有為四處託友人運動，費了三百金，買得條子，果然錄出監生遺才之日，已有了自己名字，好不歡喜！自此天天拿《公羊春秋》來看，到時好搬幾句《公羊》出來，好取悅試官之眼。

不覺光陰似箭，已是八月初旬，進了闈後，自然是那種試官就出那種題目，恰第一場首題是「如有王者必世而後仁」二句，康有為就把《公羊》裡頭張三世正三統這幾句話搬落卷裡。顧主考見了，正合自己心事，沒論如何，但能說《公羊》的便是佳卷，就把康有為那篇文章濃圈密點。到放榜之日，那康有為竟中了第八名舉人。一時報子到來，康有為那時正在床上躺著，眼巴巴望個捷報。忽然聽得報到自己中舉，便躍然起來，鞋不及穿，便跑出房門外問道：「是中了第八名麼？是我中了麼？」報子答兩聲「是」，徐把報條開啟一看，且看且笑道：「顧主考真是識得文章的！」說後，回轉房裡，才省起自己不曾穿鞋。自忖料已被人看見了，不覺面紅起來，急的穿回鞋子略一坐，心裡又動，要出房門與學生說話。恰到房前，已見學生衣冠前來道喜，十數人企在門外要進去。康有為就回步受賀，只聽得外邊一人大聲道：「我不是要求科名的，賀什麼喜呢？」康有為一聽，覺這兩句話明明是嘲笑自己，但不知是何人說的？這時喜怒交集，喜的是最近中了舉人，怒的是被人嘲笑，欲要根究，又不知是何人說的。待學生道喜去後，即傳了門上進來，問方才這兩句話是何人所說？門上道：「是館童說的，我已責他。」康有為道：「這奴才可惡的很！狎大人侮聖人該得何罪？快傳他來，我要責他！」門上道：「我責他時，他今走出門外去了。」康有為一團怒氣，覺自己前時不合說自己不要求名的話，今被一個館童嘲笑，如何不憤？還幸眾學生都受自己所愚，料不至說輕薄的說話，像館童一般來嘲笑。

正在憤恨，只見堂叔康偉祺、堂兄康有濟、親弟康廣仁也到來道喜。康有為歡喜道：「我早說過，小試我是不考的，今也由監生中舉了。」兄弟間談了一會。那時學生又相議在館門外放喜炮諸多議論，在康有為本一場得意最好熱鬧的，唯自己天天罵科舉誤人，今一旦自己要趕科場，防被人說笑，就送了兄弟去後，即登堂對眾學生說道：「我這回趁科場是不得已的，只為出身加民緊要，故圖個進階，不比尋常好作宗族交遊光寵的，你們不必多事了。」各學生聽得，唯唯而退。便竊議康有為明明見他聞報中舉就手舞足蹈，如何又說趁科場是不得已呢？說來實在詫異。這且不說他的學生議論。

且說康有為中舉之後，過了數日，就是簪花。大凡中舉的人，是例要拜謁受知師的，就是薦卷同考官也要拜見。那時薦康有為那本卷的，正是知縣安蔭甲，本由舉人出身。誰想康有為拜過主考之後，竟不拜見安蔭甲。因康有為之意，以為自己是個舉人，哪裡還要拜一個舉人做老師呢？故此瞧安蔭甲不起。那安蔭甲好不大怒！但他不來拜自己，自己實無可如何，只得隱忍。那康有為亦不以他為意，只打算拜客，好得些蘋儀。又打算謁祖，好得些拜金，有此一項入息，儘夠一回揮霍。更想到演戲一事，有許多賣戲圖利之人，圖借一個舉人名目酬恩演戲，每一台得回三幾百金。整整因中了一名舉人，一場混鬧，也賺得三幾千銀子，好不快活！自此康有為更誇張起來，那些生徒，又替他四處遊說，果然又多得十來名學生，如珣州林纘統、順德麥孟華、麥仲華兄弟兩人也來從學了。不覺光陰似箭，又是冬盡春來，康有為師徒間如梁啟超、林纘統也一齊打點入京會試。康有為恐自己入京後，學生或有些散去，要想個法子留住學生才好。那日便登堂發一番議論道：「昔孔子周遊列國，猶憶杏壇弟子斐然成章。你們從學諸君，縱然我進京後，仍該留心攻讀，我亦如孔子一般，何時不憶及吾黨狂簡呢？」說了，學生各人都稱願留在館中勤讀，康有為方才安心，便起程入京去了。

恰好時正清東戰役滿人打敗仗的時候，被日本人從水路破了旅順，降了威海。陸路又將攻至山海關，京畿震動時候，清廷因前相李鴻章師出無功，又屢被人參劾，把他開了直隸總督北洋大臣之缺，以王文韶繼其後任。又用劉坤一、吳大踐兩人做欽差大臣去與日本開仗。不想那吳大踐徒託空言，一聞炮聲，就沒命的逃走。那劉坤一又沒些計策，只遲遲不敢出京。清廷料知是無濟，就派李鴻章做個媾和大臣，要割遼東半島及台灣，又賠款二萬萬兩與日本講和。那時清廷欲戰不能，欲和又捨不得許多土地及賠款。時康有為在京，因會試已經落第，自覺沒面目回去，盡要博個虛名才好。因此與學生梁、林二人計議，欲聯合各省舉人，具條陳請都察院代奏，喚做公車上書。時在京的許多舉人，其中有附和的，有反對的，不能勝說。唯康有為架起個大題目，自然有些好名之徒隨聲附會，雖料知條陳雖上，都察院縱然代奏，清廷亦必不從，唯好名之心就簽個名字也沒打緊。那康有為見有幾十個舉人陪著自己，就由自己出了首名，上了一道條陳，都不過是老生常談的，力言割地太多，賠款太重，萬萬不可議和，不如留那些賠款來興辦新政這等語。但他說得好聽，唯割地賠款既不可議和，至於不和又有什麼法子抵擋，他卻沒得說了。其說到所謂新政，不過是築鐵路、開礦務、廢科舉、興學堂、開議院、裁冗員等等套話，哪個不會說？果然那條陳遞到都察院，那都察院又代奏了，清廷如何肯做？因築路開礦系求財政增益的，猶自可說；若講到開議院三個字，顯然是立憲民權的國，豈不道著那「漢人強，滿人亡；漢人疲，滿人肥」剛毅那幾句話，正是滿人金科玉律，以滿人得幾百萬人口，還肯把民權給與幾萬萬人口的漢人麼？所以清廷雖看了康有為一班人的條陳，只當是一個混帳東西說瘋話的，真不留意。

唯康有為是個熱心富貴的人，只望這條陳一上，清廷當自己是個奇才，立刻要重用。不想那條陳上了多時，天天眼巴巴的祈望好音，總不見訊息。因前時入京取應北闈時，也拜謁翁同龢，到這時又天天在翁同龢處趨承，因翁同龢是上書房師傅，又是軍機大臣，好歹清帝見了條陳，問起翁同龢，好吹噓自己幾句。在康有為是翁同龢的《公羊》學生，翁同龢那有不留意他呢？奈清廷見了條陳，總不提起，康有為一場費心，白捱了幾天來寫這道條陳，總沒好處。正是長安雖好，不易久居，便買棹回返廣東。

道經上海，也少作勾留。早知上海地面是個繁華淫靡的，康有為那時一來向好冶遊。二來往應春闈，孫山名落，心中鬱鬱，最好借酒澆愁，尋花解悶。不免背著學生走往芳叢裡討趣，因此也結識了一個妓女喚做花小寶。奈因學生隨著不便放蕩，只與寓滬三幾個密友往還。恰那日與友人相會，說起有位記名御史于成各現因進京，暫寓滬上某處地方。康有為想起那姓于的，既是記名御史，因已記名，就不難做御史。御史又有奏事之權，自己正好結識他，好做他日幫手：第一憑他是個言官，易於贊成新政，薦保自己。第二如有反對自己的，也易求他劾其人。便向友人問悉于成各的住址，記在心裡。回寓後，以為自己是公車上書的頭人，于成各料然聞得自己名，即懷了一個名刺往訪于成各。在康有為這時不知自量，只道自己是個大名鼎鼎，于成各一見，必立刻歡迎。故此乘興而來，直到于成各的寓裡，先令他閽人傳一個名刺進去，等了許久不見傳請。康有為心上思疑，以為于成各定因穿衣迎接，故以遲久。及又等不一會，仍不見請。欲向他門丁一問，偏又不見在門房裡。康有為這時已有幾分憤愧，心又忖道：難道他睡了中覺，抑是有客在堂？心中捋上捋下的思疑，眼巴巴望進去，只見門丁已轉出來。康有為心中大喜，以為一定請的了。不想門丁到門，大聲說一個「擋」字，康有為怒極，又無可發洩，便問門丁道：「因何你大人不見我呢？」門丁道：「我哪裡得知？但見我老爺看了你的名片，想一會，搖搖首，然後說擋呢。」康有為又道：「既是要擋，又為什麼要等到許久呢？」那門丁聽了大聲道：「你自己進去問我老爺罷。」康有為就仰天嘆道：「張良未報韓，破產不為家。」說了便去。

正是：

虛名幸給軍機處，投謁難親御史台。

要知後事如何，且聽下回分解。

第四回

于御史割席拒狂生　黠娘兒登輪追蕩子

話說康有為欲謁見于成各，志在巴結他為將來利用之計。不意為于成各所拒，就說了「張良未報韓，破產不為家」二句而去。那時于成各在裡面聽得門丁與康有為對答許多話，便傳門丁進去，問他與康有為說什麼話？門下只得以直對。于成各把「張良未報韓，破產不為家」二語，細味一回，覺得張良在博浪錘秦始皇，系因韓國已亡，然後欲置秦始皇於死地為報仇之計。及後佐漢高祖滅秦，亦始終為韓報仇。今康有為以張良自命，且以張良報仇自許，縱然破產亦不為家計，試想康有為今日要報什麼仇呢？想來定然是要報滿洲滅明之仇，便是一個革命黨人。只是他熱心科名，既巴結上一名舉人，又想巴結一個進士，以得做官為幸，看來又不像做革命排滿的，真是鬼怪的很！大約故作驚奇之語，好為欺人之計。這人性情恍惚，休要著他的道兒。便囑咐門丁，如康有為再來請見，總之擋駕便是。門丁說聲「理會得」，下去了。不多時，又轉進來，向于成各遞上一封書，並道是方才交到的，那帶書人並不說從哪裡送來，擲下就去了。于成各見得奇異，忙拆開一看，卻是康有為寄來的，那書道：

僕竊聞周公一沐而三握髮，一飯而三吐哺，其愛士如此。夫有周公之才之美，使驕且吝，猶且不可。況足下之賢未必能及周公，而僕以詩御固負人望，乃親叩台階，既弗蒙納。又復以傲慢加之，賢者固如是乎？侍御身居言路，方當折節下交。博採輿論，以驗朝廷之是非，而為進言之本，何遽輕量天下士耶？謹瀆片言，伏唯珍鑒。

即回了一書，即著門丁依來書住址送回康有為處。那書道：

僕誠無周公之才之美，故未嘗自命為賢者。但足下又不知何故，而足令人吐哺握髮也？足下以張良報韓自命，其志可嘉。僕愚魯，愧不能附驥，願足下勉成留侯報韓之業，幸甚！

康有為見于成各如此回覆，又再致書成各，成各接著，看了書面，早認得是康有為墨跡。本待拆看，猛然想起此人前來見我，我已拒他，今頻頻以書來往，必欲藉此與吾書信往還，為入手相識之計。且他注意與我相識，其中必有個原故，我怎好中他計？便把來書撕了，隨囑門丁道：「如此後姓康的仍有書信交來，立即發回，休要接他。」門丁自不敢違意。那康有為果見于成各這回沒有回覆，覺無從入手，正要再想他法。又見留滬多天，與學生同處，實有不便。只託稱日內要等候與人相會，先打發學生梁啟超、林纘統回去。康有為自此獨留滬上，比從前較為方便，差不多天天尋花，夜夜問柳。因中舉時，拜客謁祖的入息還未用盡，儘夠揮霍，便流連不止。還虧在花天酒地互相引誘，也多識了幾人。

恰由朋友筵仲介紹，得與廣東一位富商徐義之相識。那日姓徐的因于成各將次起程入京，正擺宴請成各，藉作餞行，適又並請康有為赴席。康有為看了知單，見有于成各名字，自忻然前往。唯于成各見有康有為名字，本不欲往，唯不好卻姓徐的之意，只得勉強赴席，唯立念不與康有為交談而已。果然到時，賓客滿座，于、康兩人向未嘗見面，本不認識。那康有為卻每人倒與透過姓名，恰問到于成各，卻笑道：「原來足下就是于侍御，渴望久了，今日卻得相會，實出於意外。」于成各見他如此，也不多說，只順口道一聲是。康有為又道：「足下要幾時進京呢？」于成各又順答道：「未定。」康有為又道：「想是日間去了。」成各只略點首。康有為又道：「小弟也拜會足下，雖不曾謀面，只於書函中也曾領教過來。」于成各見他越說越密，就說一聲：「實有簡慢，對不住，對不住。」康有為又欲開言，于成各見他糾纏自己來談，已十分厭氣，即借意向徐義之周旋，明明是撇開康有為了。

那康有為卻不理會，又欲起身隨著成各談天，忽座中一位朋友是曾嗣卿，卻上前挽住康有為道：「弟見于侍御很大模大樣，何苦與他多談？」康有為道：「足下哪裡知得？弟曾往見他，卻被他怠慢了我，我今見他，正要與他多談幾句呢。」曾嗣卿道：「這又何苦呢？怕說得多時，反討沒趣，豈不更失臉面！」康有為道：「足下又來了，我本要結識他是有點子用意的。」嗣卿道：「只怕足下要識他，他卻不識你，卻又怎好？」康有為道：「哪裡說？不是小弟誇口，我憑這三寸不爛之舌，若能與人會談，沒一個不能說轉的。比如聰明的我也讚美他，愚魯的我也教訓他，就沒一個不中計的。」嗣卿道：「難道足下專靠口舌做人麼？」康有為道：「虧足下還不知近日世故人情。大凡人生求名博利，第一是講文字，第二是講口舌。不能遠及的以文字動之，文字不能移動的以口舌說之，就沒有不得的。」曾嗣卿聽了，覺俗語說「未知心裡事，但聽口中言」，像康有為所言，立心實在太險了。想到此層，便不欲與他再說。

那時康有為又注意在于成各。那于成各亦知其意，故意與別的朋友談天，不願康有為攙入來說。康有為沒奈何，就在座上對別人發起議論：一說中國積弱的原因。二說中國政體的腐敗。三說歐美今如何強盛。四說時局要如何變通。不管合與不合，又不管別人聽與不聽，唯滔滔不絕，志在把些政治言論打動于成各來聽。奈于成各視他如見肺肝，任他說得天花亂墜，總如充耳不聞。康有為幾乎舌敝唇焦，連喉也涸了，于成各總是不理。在康有為之意，志在成各，如項莊舞劍，志在沛公。今見成各動也不動，已自愧悔。那曾嗣卿自聽康有為之語，又把來悄悄向各人遍述了，因此各人反覺康有為實在討厭。更忖道：他只欲結識一個五品御史，就費如此苦心。可知從前說要做聖賢，及說不要求取科名的，統通是假了。當下各人這般想，已見康有為寂然無聲。

不多時，各妓俱到，連康有為所暱的花小寶也來了。康有為即接著與溫存一會。只見各妓紛紛應酬，康有為也忘卻方才所發的議論。那全副精神又注在各妓，那個好顏色，那個好態度，評頭品足，少不免要亂哦幾句詩出來了。各妓有向他請道尊姓的，那康有為道：「我離家便是太原公子，歸家便是南海聖人，我自姓康，你不聽得康南海姓字麼？」時妓中有名花鳳林的笑道：「你是康南海嗎？廣東還有個李北海，你識得他沒有？」有為道：「我哪裡識得他！他只是個強盜。」鳳林又道：「方今強盜還多哩。但老爺說是南海姓康的，又說太原公子，那太原便是姓王了。」康有為方欲再言，那花小寶又插口道：「古稱東海有聖人，今南海亦有聖人麼？」花鳳林道：「南海還有洪聖大王呢！」那兩妓幾句詼諧話，弄得康有為無言可答。花小寶徐徐又道：「你若要做聖人，就不該自稱。往時孔子也沒有稱自己系聖人，即子貢頌他，亦不過謂縱之將聖而已。你沒來由自己稱許做什麼？」康有為聽了，不覺滿面通紅。小寶、鳳林也恐康有為不好意思，便略與說些別的話。少時入席，席間都是說些應酬話，那康有為亦不像方才的怪謬。

只是于成各處處覷定他，遇著康有為將對著他說話時，他唯有俯首不做聲，自旁觀曾嗣卿等看來，倒覺可笑。

及席散之後，各自散去，康有為也隨著花小寶回寓裡來。那娘兒們接著喚了幾聲姐夫，康有為不勝之喜。娘兒們打過洗臉水，倒過茶來，康有為洗臉後，喝喝兩口茶。看看那娘兒卻有幾分姿色，真是徐娘半老，風韻猶存。康有為一時心癢，先猶說幾句戲謔說話，隨後不免動手動足。娘兒細說道：「只管說話便是，休要動手動足，姑娘瞧兒卻不好看。」原來上海娼界中，凡使喚的僕婦喚做娘兒，那娘兒喚客人做姐夫，喚妓做姑娘。那康有為是慣於冶遊之人，也統通知得。及聞娘兒之話，只道娘兒有意於他。不過防花小寶看見，因此口雖不言，仍不住手的戲弄。娘兒道：「老爺是個文雅的，怎地要纏人呢！」說時似無限情意，康有為便順口吟兩句道：

我是吞針老羅什，不妨醉倒碧霞杯。

吟罷，已見花小寶來對坐談天，康有為便撇了娘兒，接著與花小寶說話。小寶裝了幾袋煙，康有為捻著兩撇鬚子談天說地，對著小寶搬著無數話來。一來說自己是個舉人，二來說起自己在京如何闊綽，王公大臣如何相交，自己又有如何學問，今日時局自己應做如何大官。說得落花流水，志在博花小寶喜歡。不想那花小寶只有應，沒有答，半晌，小寶才道：「自古說日出萬言，必有一傷，老爺今晚說話多了，歇歇精神罷。」康有為方才無語。次早，康有為回去，娘兒要看他住址，也託稱要探康有為，就隨著康有為回寓到客棧裡。有為只道娘兒別有心事，他來反覺歡喜。到房子談了一會，娘兒見他舉動，乘勢巴結，索康有為借款。有為不好卻意，竟送了二三百金給他。真是奇遇，娘兒是個曉事的，自然懂得酬應康有為，好一會才去。自此康有為既戀著花小寶，又戀著那娘兒，那裡肯回廣東。

不想時日易過，錢財易盡。他只憑中舉時賺得三幾千金，前已用去不少。那時客囊容易乾淨，想來滬上是不能久居的。但欠下花小寶的花酒帳已是不少，這番回去又要船費，如何是好？左思右想，定必向朋友借貸，料想放厚面皮，開口與友人借筆銀子，盡可應手。想罷，覺此計是不得不行的，不拘張三李四，甲乙丙丁，只託稱廣東匯單未到，問朋友借款。跑往幾處朋友，也借了五百金回來。本待結清花帳，買張船票要回廣東，不想色魔纏擾，忽然憶起花小寶及娘兒，又覺不忍便去。計起我還帳若干，還有百餘金多的。盡多留戀幾天，也不打緊，便再往花小寶處。豈知揮霍容易，又竭力趨承娘兒，有求必應。不過數天，又散了二百多金。回頭想來，這時花帳更多，更不足支給了。且朋友借貸又可一不可再的，自悔借得銀子時不及早回去。今時沒法，三十六著實走為上著。便支發了店錢，問幾時有船回廣東呢？店主人道：「明天是廣大輪船開行呢！」康有為便託了他購了船票，一面檢拾好行李。又恐娘兒到來，那夜仍硬著往花小寶處，絕不提及回粵的事。到次早回來，立刻喚店夥執行李到船上。店主道：「那船是下午始開行呢，因何去這般早？」康有為道：「午後天氣熱呢，早去罷！」店主更不勉強，倒送他到船上去了。

誰想上海妓女，在內則與娘兒互相串弄人客，如喜歡自己，則自己賺他。如喜歡娘兒，則娘兒賺他。至於在外，又在客棧遍布耳目。凡那人是自己人客，就對客棧說知。若那客逃走時，即來自己處報告。康有為那裡得知，只道落了船，便當沒事。那日花小寶聞客棧伴役來說，康有為已買船票要去，小寶不料他許早落船，早飯後即使娘兒覷探他。大凡使娘兒覷探逃走的客，只託為探訪他，他盡不能逃去。及那娘兒到時，知道康有為已下船去了，娘兒急的跑到船上來找康有為。那康有為心中有事，雖當作沒事，亦防有人到來尋覓，自放妥行李在房子裡，即在船面張望。突然見了那娘兒下來，心中大驚，恐相見沒得可說，便沒命的奔跑。但船上有什麼地方可避？左走右走，忽然人急計生，望見船面之旁有杉板小舟吊起，便扶定船旁，跳在小舟之內。許多人看見，正不知他因什麼原故。少時，那娘兒在船中尋過不見，便登船面來。同船的見了那娘兒裝束，料逃在小舟的為逃妓債起見，覺彼此同是廣東之人，不好聲張。旋見那娘兒覓了一會，左張右望，仍自不見，反疑他先執行李到船，自己卻躲在朋友處，亦未可定。尋覓不見，便登岸回去了。康有為在小舟之內，時正六七月天氣，被太陽晒得好不辛苦，又不知娘兒去了不曾，倒一直抬不起頭來。後來同船的見到不忍，便大聲道：「娘兒去了，小舟裡頭的人休再晒，快起來罷！」康有為一聽，雖是娘兒去了，但自己逃避花債，被人知道，好不羞恥。正是：

枉好冶遊拖妓債，轉蒙羞恥惹人言。

要知後事如何，且聽下回分解。

第五回

康學究避債吟劣詩　安御史據情參偽聖

話說康有為因娘兒走到輪船中找尋自己，急跑到船面，跳在杉板小舟之內。正值是一輪熱日當中，晒得康有為發昏章第九。好一會那娘兒去了，在輪船上的搭客看見那娘兒的裝束，料知是青樓裡頭要來找尋人客的，倒覺好笑。及見娘兒去了，就有些好事的大聲呼道：「那人去了，你起來罷，還晒不透麼？」那康有為在小舟上聽得，自忖這會被人看見，實在羞恥。但挨不得這般晒的苦，勢不能不起來，唯有老著面皮帶笑遮羞而已。便坐將起來，只見人立在船面的如排隊一般，立在一處，來看自己。康有為眼望著各人，帶著笑口占一首七絕詩，那詩道：

> 避債無台幸有舟，是真名士自風流。
> 娘兒不解其中意，猶自登輪苦索搜。

吟罷起來，故把滿面笑臉堆下來，搖搖擺擺回至房子裡。時船中人雖不識他的姓名，倒知道是一個無行的蕩子。後船中侍役說將出來，才知道他就是康有為。都笑道：「他本來是要做聖人的，因何幹這般勾當？」自然互相傳說。凡船中搭客都知道康有為逃避妓債的事，有議論的，有訕笑的，康有為也聽得這些，究竟良心難昧，羞於見人，卻不敢出房門一步。回到粵省後，直到城裡萬木草堂館內。各學生知道康有為回來了，倒出來迎接，先生前先生後的問候一回。因他公車不第，自然相慰，不是說阻遲一科，就是說文運偶蹇。康有為聽了，覺學生之言盡似知道自己專為科名的。

因見學生齊集，就立刻登上大堂，都令各學生上堂如聽書一般。康有為就發論道：「吾道其不行矣！昔孔子周流列國，齊欲待以季孟之間，而沮於晏嬰。楚欲封以書社，而沮於子西。今又見於吾矣！」時各學生多不知他用意，就答道：「先生文章詩賦，素為吾輩所欽仰，不過目下文運未通，將來實不難中進士點翰林的。偶然蹇滯，何必如此憤懣？」康有為見學生苦苦說出自己為著科名，心上也不大喜歡。因自己雖然求名緊要，畢竟外面要撐個門面，要為聖為賢的。今偏偏被學生說破，勢不能不掩飾。便又說道：「我豈為區區科名起見？不過欲藉此釋褐登朝，謀個兼善天下而已。是故天未欲平治天下也，如欲平治天下，當今之世，捨我其誰也！」學生林魁先說道：「天生德於先生，將為世用，不過道大莫容，以至於此，先生權且待時可也。」康有為道：「吾非自誇，如有用我者，吾其為中國乎！今道已不行，何德之衰！昔孔子欲居九夷，吾亦將乘桴浮於海矣。」梁啟超道：「聖人達則兼善天下，窮則獨善其身，先生今日唯行邦無道則隱之義可矣。」康有為道：「軼賜，汝是何言也！吾何止獨善其身，今已得天下英才而教育之矣。」說罷，見各學生皆無異言，心中已自竊喜。徐看看各人，見陳千秋伏案不語，各人亦見奇異，康有為乘勢道：「超回殆真知我也，實相賞於不言之中矣！」說到這裡，乘機退回房裡，各學生亦退。康有為細想今日各學生在堂上，初時猶紛紛以科名相慰藉，實打中自己心坎，幸林魁先、梁啟超等深會自己意思，將來盡能幫自己運動各事。尤幸自己把一番說話籠絡住各人，但此後自己總要隨處小心，裝個認真道學才好。

自此，康有為凡在大庭廣眾之中，說話也句句老實，行動也步步方正。雖然拘束得十分辛苦，只為自己要做聖賢，不得不如此。因此許多學生有迷信他的，有明知他是假作假為的。但為虛名要緊，他自稱為聖人，自然稱學生做賢者。學生雖知他是籠絡自己，卻望可以飾智驚愚，將來或得世人崇拜。所以學生們不特安心，且替康有為遊揚，好招羅門生。果然又多了十餘人。就中一位林子重，本是瓊州一個紳士，只為橫行鄉曲，逞刁好訟，被官府拿得緊急，逃在省城。那時聽得康有為名字，只道他在省中各衙門很有交通，正待從遊康館，好望於自己構訟未完之件，或得他助力，故此來到康有為處受業。康有為就歡喜道：「昔孔子說，有朋自遠方來，不亦樂乎，今足下遠自瓊州到來，可見吾道雖不行於上，猶能行之於下，又見得聖道自有傳人，畢竟是老天未喪斯文呢！」說了，又向林子重道：「足下方頤廣額，實將來國家公輔之器，正所謂用之則行，舍之則藏的大人物。足下不要自棄。」林子重道：「量門生沒什麼學問，不算得是濟世之才，怎敢當老師過獎。」康有為道：「古語說，學然後知不足，你若在這裡多學三兩年，不患無學問，那時治國平天下就不難了。」林子重好不歡喜。因凡人沒有一個不好人讚揚自己的，康有為專把這個法門籠絡人，林子重自然入彀。自此逢人誇張，倒說康有為讚頌自己。

但那林子重到了省城，本為經營本籍的訟事，故每天必尋鄉親商議。往來既多，自不免在花天酒地行動。況向在瓊州本籍那僻陋地方，見聞較陋。今來到粵城，但見秦樓楚館，華麗非常。車馬如雲，笙歌盈耳，已是眼界一新。且看樓中妓女，都裝得冶豔妖嬈，在瓊州時何曾見過。故一到其間，便不免心迷目眩。不論晝夜，都流連花叢裡，時常不在館中。同學的自然要疑他，未免把言相試，那林子重更不忌諱，自直說出來。不是說某妓唱得好腔喉，就是說某妓生得好容貌，說時更手舞足蹈。同學中聽了，因他進館時康有為贊獎他太過，便心懷不滿，即把林子重好尋花問柳的事對康有為說知。康有為猶道「他初到時我曾勸他，不要自棄，他那敢違我訓誨，想他未必有此事。」後更有幾個學生指證他，反說他自己已經直認，康有為料知此事屬實，且他又常常不在館裡，本不必思疑。但省中大館積習，凡出館讀書的，於嫖賭兩字，本當做平常，可惜自己是要做聖人的，天天說自己的萬木草堂和古來孔子的杏壇一樣，若是流連花酒，那裡做得聖人之徒呢？想罷，就當眾人面前，把林子重罵了一頓，並道：「子重非吾徒也，小子鳴鼓而攻之可也。」

各學生退出後，覷著林子重回來，就斥罵他。你一言，我一語，都罵他有礙館裡聲名，紛紛吵鬧。林子重卻不敢計較。早被康有為聽得，恐林子重真個去了，即令門房傳林子重進來，說道：「英雄如韓世忠，風流如杜牧之，且放蕩形骸，你飲花酒一事，原不算什麼，但自己須要檢點，勿使人知道才好。俗語說，寧使人知，莫使人見，你又不是愚蠢，反要對人亂說，可就不能掩飾了！你須知我這間館與別處不同，盡要裝好外局是緊要的。」林子重聽了，唯唯而出。康有為恐各學生更有說話，令子重不好意思，便寫了一紙貼在堂上，道是：「過而能改，便是君子，經傳責林子重，他已唯唯服罪，自稱痛改，所謂君子之過昭於日月者，實堪嘉尚。」這等話各學生看了，自然無詞。唯林子重自忖道：自己並不曾服罪，又不曾自稱痛改，今老師如此說，實是奇怪。又忖：方才先生傳責自己時，只勸自己裝好外局，且以韓世忠、杜牧之相比引，看來不是責我嫖妓，只責我不能祕密，我此後嫖飲，只不向人直認，祕密前往便是。

自此色膽更大，飲興更豪，每晚膳後外出，就託稱有什麼事往朋友處，依舊在花叢中流連不倦。恰那夜到城外迤西一帶陳塘的地方，正是青樓薈萃之處。約摸到三更時分，正從酒館出來往娼院去，從後看見一人，早認得是康有為。林子重便亦步亦趨隨著他，要看他往那處去。不想事有湊巧，那康有為正進娼院去，那娼院又正是林子重在那裡暱一妓的。林子重見先生且如此，自己更不必畏忌，便快步前跑，趨過康有為之前。回頭一望，正與康有為打個照面。到這時，師弟很不好意思，實不得不招呼，康有為已滿面羞慚。在林子重之意，因自己已眷暱一妓，正自打得火熱，不如識破康有為，見是大家都是同道，免他再責自己。果然康有為見了，只點頭回禮，那裡敢作聲。

到了次日回館，恰上堂講書，講到「如好好色」這一節。康有為就發議道：「好色乃英雄小節。昔日咸、同年間，巡撫李續賓最好搶掠良家婦女，且常邀土妓到營中陪宿。後來被御史參他，那咸豐帝知他最能以漢攻漢的，又驍勇好戰，正在樂得而用。就批出道：『好色乃武夫小節，現在軍事方殷，李續賓戰事尚算得手，該御史乃欲以區區小節參革能臣，著毋庸議。』這等說。自那道諭旨發出後，莫不驚異，倒道咸豐帝善於籠絡。那李續賓更自感激，後來在安徽三河鎮被太平天國英王陳玉成殺得大敗。那李續賓困在重圍，不能得脫，就與曾國華一同盡忠殉難。皆由咸豐帝好色乃武夫小節那一句，他就感恩圖報，可見好色自是無傷。且孟子也說得好，知好色，則慕少艾，倒由真情至性發出來，若把這點真情至性幹大事業，就沒有做不到的。即古來英雄失志，往往借酒色糊塗廢事，故宋朝忠臣名將如韓世忠，也眷愛梁紅玉，後來竟做了一個名臣。就是近來曾國藩，他未達時，也眷愛一個土妓，喚做春燕。曾把一聯贈他，聯內用唐句暗藏春燕二字，道是『報導一聲春去也，似曾相識燕歸來』。這件故事哪個不知？又如彭玉麟做諸生時，亦眷暱一少婦，喚做梅花的，因之苦心學寫梅花，作終身紀念。這二人本是自殘同種，雖不足數，究竟他的功名官位，豈不令我們欽羨麼？」說罷，各學生聽得他說起那幾件故事，本是離題萬里，但林子重聽了，就知因昨夜在青樓上撞著他，因此說東說西，為自己遮臉之計，心裡已自暗笑。

及說完書之後，回至房裡，仍恐林子重聽了這會書，怕把昨夜在娼院相遇的事說將出來。盡被學生知出自己外作聖賢，內實蕩子，傳將出去，自己面目還好見人麼？就立即再邀林子重進房裡說道：「我們大道不行，立功無地，問柳尋花，藉排憂國之悶，原不足怪。但世上達人還少，故我兩人昨夜相遇，總宜祕密。若他人知道，就聲名掃地了。」林子重已會其意，即矢誓不再宣洩。自此林子重已拿得康有為痛腳，益復無忌。不特常常到花叢裡，且向來自己好訟的本性，更明目張膽。凡穿插衙門，有時更與康有為商議。康有為亦知林子重已知自己真相，更不敢裝腔。

那日正在書房坐著，只見林子重進來，面色青黃不定，康有為料知有事。正待問時，林子重早先說道：「北京裡頭有御史參老師呢！」康有為道：「是哪個御史？參我則甚？」林子重道：「是御史安維峻，就是老師中舉時房師安薩甲的昆仲。他參老師性情詭僻，行為荒謬，如明朝魏閹一般。以孔子自待，別號長素，猶言長於素王。門下生徒，又有超回、軼賜之稱，猶言超於顏淵，軼於子貢，自是妄自尊大，以邪說惑人這等語。所參還有一件緊要的，現在正派粵督查辦呢！」康有為聽了，面色已是一變。正是：

枉騙同門稱偽聖，頓教言路劾狂生。

要知林子重所說一件緊要的是什麼事情，且聽下回分解。

第六回

朱一新論學究淵源　陳千秋夭壽歸泉壤

話說林子重因御史安維峻參劾康有為，即對康有為說知。還說有一件是最緊要的，已交粵督查辦。康有為聽了，覺林子重所說安御史參自己各情，如以孔子自比及妄自尊大以邪說惑人等事，心知參的不錯，故一聽得交粵督查辦，面色已登時變起來。便問道：「還有一件是參我什麼事呢？」林子重道：「他說老師所著《新學偽經考》一書，稱孔子改元稱制，不特厚誣孔子，且實是心謀不軌。並道這書於學術人心大有關係，須毀去書板，重重把老師懲辦，才能正人心、端學術：這等說。老師試想平生所說，如黜周王魯呢，張三世呢，正三統呢，於學術人心有什麼妨礙，如此參劾，還近人情麼？」康有為聽罷，默然半晌，暗忖自己所著《新學偽經考》一書，只在北京時賺騙四川繆寄萍的著作得來，初時本欲竊些聲名，故把繆氏原著署作已名，忖梓發行。今因此書被人參劾，倘若是查辦了，要懲辦自己，就悔不如不竊騙他人著作較好呢。想罷，便道：「你從那裡聽得來？」林子重道：「弟為有些訟事，得與督幕裡頭一位老夫子相識，他卻祕密告小弟知的。」康有為道：「現在粵督之意，究竟怎樣？」林子重道：「這卻未知。但小弟因鄉間訟事，因與鄰紳爭承賭具及爭官書院常業兩案，曾與那位老夫子有過付，小弟盡易向他關說。故他對弟說時，弟已請他關照，他亦已一力擔承，想斷不致有礙的。」康有為道：「你如何不早說？你但說我被安御史彈參，又不把與督幕老夫子關說的事先行告我，若沒膽子的，好不嚇死！」林子重道：「說話盡要次敘，若不說明參案，怎能說下去呢？」康有為道：「自今不必多說，總在督幕裡頭的老夫子竭力說情罷了。」林子重領諾而出。後來費盡許多人事，盡力斡旋，才把安御史的參案，什麼「事出有因，查無實據」，糊塗奏復了。康有為經這一場造化，到那時方才心定。

那日方從友人處回來，聽得安御史這會參他，原因康有為中舉時，房師安蔭甲一場苦心，存起康有為那本卷，不料康有為中舉後，拜過兩位主考，並不曾拜過薦卷官。安蔭甲就心懷不服，就查悉康有為的痛腳，函請安御史參他的。康有為聽得，回館後即對眾學生說知，並說道：「我三場文字皆應入選，且所考的是朝廷科舉，中的應中，說什麼受知師？我原不必拜他。且他有何學問，卻要我投拜他門下。我不拜他時，他便見怪，就要慫恿他的兄弟來劾我，還近情理麼？」各人聽了無語，單是林子重答道：「中的應中，既無所謂受知，況安蔭甲又怎能當得老師叩拜，老師也說得是。唯當初不拜薦卷官，不如連兩位主考也不應往拜。但老師獨拜兩位主考，究是何意？」當下林子重這一問，原屬有理，只是康有為實不願聞，卻亦沒得可答，早已面紅耳熱，半晌才強答道：「我卻蒙兩位主考簪花，實不得不拜的。」林子重又道：「據老師說來，中的只是朝廷科舉，簪花亦是主考應做的事，似亦不必往拜，想老師於兩位主考太過謙虛罷了。」康有為這時實嫌林子重頂撞自己，但子重向知自己的內事，卻不敢責成他，就勢道：「這般小人，動因私意報復，就慫恿言官參劾當今大賢，豈不可恨！然天生德於餘，安蔭甲其如餘何？只可惜道大莫能容，動為世人所忌，欲行其道，豈不甚難？此後唯有如杏壇講學，長此終老而已。」說罷，不勝嘆息。

各學生齊道：「老師尚未及強仕之年，何便灰心如此。三年一科，以老師文字，尋個上進，是不難的。」康有為怒道：「我已屢說自己不是好求科舉的人，偏苦苦把括帖功名來安慰我，實是小覷我了。」各學生又道：「我們不是小覷先生，不過欲出身加民，須由這條路進身。即日前先生進京，亦想是此意，叵耐文運未通，就阻遲了時候罷了。」康有為道：「我們不僅區區求做官，只懷一個達則兼善天下的念頭而已。若但謀科舉，實非吾志。且即做官，豈必盡由科舉？」說到這裡，各學生又道：「難道先生要由捐班出身不成？」康有為道：「這一發不是話了。科舉我且不願，何況捐班？」各學生道：「然則先生要從那裡出身呢？」康有為道：「昔成湯聘莘野，劉備顧草廬，一旦得時，不患朝廷不來徵聘。」各學生聽得，那愚拙的就信康有為抱道自重，稍有知識的就知他把一派夢話來欺人了。

正談論間，忽門房報稱有人來見，康有為就退下堂來回屋裡，著門房請那人來見。卻是前任御史浙江翰林朱一新，到來相會。康有為讓他坐後，即問道：「足下光臨，有何賜教？」朱一新道：「聞前者足下被御史所參，今幸沒事，特來問候。」康有為道：「自來君子每為小人所排擊，也不足怪，何勞老兄費心！」朱一新見他開口就以君子自命，已覺可笑，只隨口答一聲「是」。康有為道：「老兄近來看什麼新書？」朱一新道：「聖經賢傳，看個不盡，新書二字，就是足下與小弟倒怕不曾夢見。」康有為這時好生不悅，即道：「足下何由知我不看新書？如足下所說聖賢經傳，我反不瞧在眼內呢！」朱一新道：「我正有一事要向足下請教。足下所稱《左氏春秋》為偽經，究竟從那裡見得？」康有為道：「足下還不知麼？左氏一經，不過漢時劉歆所著，只託於左氏之名，書中語氣全是劉歆的。」朱一新道：「此不過逆臆之言。劉歆若經年累月著就一經，何苦要借重左氏之名？且劉歆即不欲自己署名，彼孔門許多弟子，何以不託名他人，必要託名左氏？老兄得四川繆氏緒餘，何苦誤信如此。」康有為此時深怒朱一新提出四川繆氏，即答道：「這見地實是小弟讀書得來，並非得諸四川繆氏，足下此言實屬無理。」朱一新道：「無論此見解為四川繆氏的，抑為足下的，但據理而言，這等見解實是不通，只可欺愚民，安能欺得有識之士？」康有為道：「你這見解是小弟逆臆之言，試問足下又有何據，謂《左氏春秋》非劉歆所著？」朱一新道：「自然有據。司馬遷自敘一篇，已言有《左氏春秋》，論司馬遷本在劉歆之前，可見左氏一經，不是劉歆所著，想老兄或不曾讀過《史記》耳。」康有為見朱一新謂他不曾讀過《史記》，更火上加油，怒道：「小弟實是爛熟《史記》的，腐遷說《左氏春秋》一語，只是後來劉韻所改耳。」朱一新道：「這話更是無稽，司馬遷《史記》誰見劉歆改來？足下遁詞，抑何可笑！」康有為道：「盡信書不如無書，足下實為古人所欺。即如世說焚書坑儒，難道真有其事麼？」朱一新道：「我亦信真有其事。」康有為笑道：「天下許多書，始皇那能蒐羅淨盡而焚之？即天下許多儒者，豈亦盡任始皇坑死嗎？足下信以為真，又有何考據呢？朱一新道：「鑒史曾說得來，道是聚天下書籍於咸陽而燔之，又捕儒士四百五十人悉數坑之，此便是證據。且只言焚書，不是言焚盡天下之書；只言坑儒，也不是說坑盡天下之儒。足下謂為不真，試問又有何據，謂始皇無焚書坑儒之事呢？」康有為道：「世稱始皇焚書，而後有漆書壁經之書，但漆書壁經一說，不載於魯恭王傳中，可知是假。《綱鑒》多後儒偽造，以訛傳訛，足下信之，又為古人所欺了。」朱一新道：「你且勿信魯恭王傳，我且勿說《綱鑒》，但當時詩書偶語者，且要棄市，可知焚書坑儒的事是確有的了。」康有為聽罷，不覺滿面通紅，無言可答。朱一新見他如此荒謬，故略折駁他一二，今見他啞口無言，亦恐他不好意思，只得講些別話，支使開了，再談一會而別。康有為深恨朱一新不已，又恐方才被他駁倒，不知學生有聽得沒有；若被學生聽著，必謂自己學問不足，實在朱一新之下。便傳門丁進來問道：「方才我與來友談論，可有學生在房門外竊聽沒有？」門丁道：「朋友往來談天，學生們哪有這般閒心要來竊聽呢！」康有為方始放心。便一連數天，盡翻書籍，看有什麼考據，可與朱一新再行辯駁。誰想翻查自己所有的書籍，究竟是朱一新說的有理，自己實不及他，唯有啞忍而已。這且按下慢表。

且說康有為在萬木草堂把好言籠絡一班學生，各學生又替他招羅受業的人，漸至生徒已有數百之多。其中唯陳千秋改號超回，與梁啟超改號軼賜，就算是康館天字第一號的門生。那康有為自試過南宮不售回粵後，又被朱一新駁倒，已鬱鬱不樂，雖日中以孔子自命，好欺飾庸愚，但恐自己日前誇張太過，自被朱一新駁倒之後，終恐被人知道，無以見人，便擬出遊別省，託稱如孔子周遊列邦，暫時躲開廣東亦好。適又接朱一新寄來一函，康有為一看，只看那函道：

長素足下：日前踵門，得領大教，兩相論學，想足下胸中仍有欲發揮者，弟亦甚樂聞教。然僕與足下，皆非新學中人，故談及新學，皆如門外漢。若談舊學，則弟讀書廿年，生平所學，正欲質諸足下。或以函札討論或對坐研究，弟不敢不勉。想足下自以為是，弟亦豈敢自以為非，他日將兩人見解發布成書，以待世人評議，亦雅事也。

康有為看了，見朱一新自從駁倒自己，反來糾纏自己。更稱要將兩人辯論的見解發布成書，這樣無論世人見了，及自己學生見了，皆失自己體面，故三十六著以避為上著。是以託稱周遊各省之意，當要即行，便把朱一新來書按下不復。又想孔子當日周遊，也帶同門弟子前去，想這會如超回、軼賜等，自應一併同行。偏事有湊巧，那陳千秋正因有病，恰才回鄉去了。康有為便問學生：「陳超回幾時回來？」各學生都道：「不知」。康有為道：「他究竟是什麼病呢？」各學生道：「他但午後潮熱，同學中多疑他是夾色呢！」康有為聽了怒道：「超回家眷不在城裡，他又不回鄉已久，哪有此症？除是宿娼得來。但回也好學，斷沒有此事，你們休要亂說！」眾學生便不敢多言。不想過了兩天，陳千秋家鄉已使人到城搬取千秋的衣物，道是陳千秋已死。死時自舌頭至指甲統通瘀黑，活是夾色死的。康有為一聽，也慟哭道：「斯人也而有斯疾也，亡之命矣乎！」徐徐又道：「天喪餘，天喪餘！」放聲哭了一會。各學生也來勸慰，康有為道：「昔孔子謂顏回好學，不幸短命死矣，今吾之超回亦不幸短命，前後一轍，甚矣吾衰也！」說罷，復捶胸大慟。正是：

論學偏逢高手輩，及門又喪得心人。

要知後來如何，且聽下回分解。

第七回

變宗旨遺書通革黨　詐傳道踏月涉荒山

話說陳千秋身故之後，唇舌指甲統通瘀黑，康有為也學孔子哀冉伯牛之語，把斯人也而有斯疾也哭說了兩句。又想起顏淵死，孔子哭之慟，自己改陳千秋的別號，喚做超回，因亦捶胸大慟。且見他有點聰明，又是自己心腹，一旦歿了，將來盡少一個幫手。加以同門感情，自然是要哭。當下各學生勸慰了一會，康有為徐徐拭淚對學生道：「可惜賢人天不予以壽。」徐又嘆道：「昔者顏回好學，不幸短命而死，今吾之超回亦不幸短命死矣，古今一轍，安得不令人發嘆！」各學生再勸慰一會而散。康有為即洗過臉手，拿京潮煙袋抽了幾口，細想學生去者不追，來者不拒，縱然死了，外面若沒有分毫憐惜之情，哪裡能感動同門？天幸來得一副急淚，好見得自己愛賢之心。到了次日，即學皇帝祭悼大臣一般，賜祭一壇，令各學生備禮物前往陳千秋原籍致祭，不在話下。

且說康有為自被御史安維峻參劾之後，時粵督見他只是一個狂妄書生，料不能幹出什麼大事，故反說安御史小題大做，即糊塗復了，不啻替康有為洗刷了。那時康有為方始安心。自此，對著學生，也稱自己道大莫能容，為世人所沮。但獨坐無聊之際，又想起自己本來要做箇中國聖人，五洲教主，奈學生天天出外標榜自己，凡外人仍是譏誚的多，信從自己的少。湊著中了一名舉人，又不曾上進。因此滿胸憂鬱，終不免宗旨不定。見異思遷，是個自然的道理。偏事有湊巧，那時正是孫文、楊衢雲等謀在廣州起事。被漢奸洩漏了機密，致所事不成。被拿了朱、邱、陸、程四人，流血去了。康有為在萬木草堂中聽得此事，知道孫文是久讀西書，是個英國醫學士，楊衢雲亦是久讀西書的，那兩人均是熟悉西國文明政治的人，一旦同謀起義，其志不小。又打聽孫、楊二人發起一個興中會，會裡頭的宗旨是因中國被滿洲人占據了二百五十餘年，因要興復中國，這等題目，原是彼黨宗旨。又聞得孫、楊二人的主義，是要將中國行個民主立憲政體的。究竟什麼民主立憲，自己本不大知得。但這個名目盡覺新奇，橫豎數年以來做聖做賢不大得人信服，不如從他那條路走走也好。不覺一想一擊節，拍案道：「是了！這念頭端的不錯，不如派兩個學生尋他，好與他同謀舉事。」繼又想自己原是要做道學的，現在風氣不大開，種族不大辨，多管當這條路是個犯上作亂的，人再不信自己是個道學的，卻又怎好？便是這回派學生前去，怎麼造詞才好？

想了想，打算定了，即喚學生林魁、梁啟超進來。分坐後，林、梁二人先說道：「先生喚我們到來有什麼指示？」康有為故作嘆道：「你們瞧瞧中國裡道頭這十來年間，可成個什麼樣兒？甲申年被法人打破了福州，還虧補了幾百萬講和。後到甲午年間，又被日人打得大敗去了，虧那李鴻章幾年精神，成了北洋水師，也降的降，沒的沒，那百來兆的海軍資本統打掉黃海渤海間去了。陸路的什麼淮軍、毅軍、湘軍，更沒得可說，整整又賠了二百兆銀兩銀子才了得事。你道中國幾多錢財，能夠年年充做賠款呢？再者，如旅順、大連灣、廣州灣、威海衛、膠州灣，統通被外國人搶了去，你道中國又有幾多口岸？弄得外國人天天說瓜分，可還了得！若不把中國另行製造過來，斯民身家性命就不用要了。」梁啟超道：「先生也說得是，只若是另行製造中國，究要什麼法子呢？」康有為道：「我們志向本要保國安民，叵耐大道不行，反要把我們參劾，還有情理麼？雖則安命聽天，是我們志在聖賢的分內事，但是國家緊要。因我們中國被滿洲人占去多時了，卻被滿人把持，沒些變動，將來盡被外人分的分，滅的滅，是說不定的。不如索性把滿人驅逐去了，復回完全的中國，像日前孫文的所為，卻是不錯。」

梁啟超聽了，也點頭沒有答腔。林魁聽得，已伸出舌頭，幾乎縮不進去，半晌才道：「這樣看來就要做革命黨了，怕我們實使不得呢！」康有為便問其故，林魁道：「昔者孔子亦是道大莫容的，也寧願乘桴浮海與欲居九夷，也不願做這等事。且我們在這裡，哪個不知是要做聖做賢的，今一旦如此，好不令人議論。」康有為道：「你忒呆了。你道孔子不贊成革命的麼？湯武革命，順乎天而應乎人，這兩句話就是孔老頭兒說的。不過孔子力做不到，又見周德未衰，故不能幹這順天應人之事。然而《春秋》改元稱制，其志可見。今時局如此，比孔子當時卻又不同，就不好錯過了。那姓孫的說的什麼民主立憲，我們卻不懂得，只此事若干得來，為頭的就做個皇帝，玉食萬方，其次也做個開國功臣，食邑萬戶，倒像為聖為賢的一樣兒流芳千古了。你道好否？」林魁道：「這樣果然是不錯，但目下究要怎樣做法？」康有為道：「俗語說萬事起頭難，今孫文等日前謀起於廣州，想已預備多時，黨羽自不少了，我們盡可交通他，說道與他同謀，他們在外打點，我們在內照應，行事較易。想他志在成事，料沒有不允的。」梁啟超道：「我們向不曾與他相識，怎能與他交通？」康有為道：「他們既謀大事，正須多人相助，何患交通下來。我探得他現寓澳門，就寫一封信給你們前往，且看如何。但此事比不同別的，總要慎密慎密才使得。」林、梁二人自不敢違抗，即領了書信，託稱有事要往澳門，即起程去了。

林、梁二人一路忖度，覺好好的求做個聖人，還自安穩，且縱使他人不認我是聖人，唯我自己當做聖人有何不可。今偏偏討事做，又改轉念頭要做皇帝，可就奇了。況且自己可以自稱為聖人，若皇帝做不來，就斷沒可以自稱做皇帝的，這想頭就差得遠了。慢表林、梁二人且行且想。原來孫文、楊衢雲是當時革命黨的大首領，宗旨主張要恢復中華，做個民主立憲國的。自從那年謀在廣州起義，被人洩了機密，因至失敗，其後居於澳門，正尋機會以圖再舉。及見林魁、梁啟超領了康有為的書信到來，交通自己。見彼此都是中國人，今肯來相助同謀，本沒有不喜歡的。只素知康有為那人是宗旨無定，妄自尊大的，且天天外面要做聖賢，肚子裡卻熱心科舉。又性情乖僻，凡粵人聽得他名字的，哪個不喚他做癲康，這樣就不是個肯流血救國的人了。故眼前見他通訊到來，口稱要同謀舉事，雖不好拒絕，只不過淡淡應酬而已。

林、梁二人見此情景，只得回省城去了。把情形覆過，康有為聽了默然無語。自忖自己已是一個舉人身分，滿望一封書交到他們，一定歡迎。今卻如此冷淡，難道他們小覷自己是不能幹事的？想一會才道：「你們料孫、楊二人意見怎地？」林魁道：「想忌我們本領壓住他是真。」梁啟超道：「這卻未必。大凡讀西書的人，更識得外情的，每誚我們讀漢文的是個書呆。他滿意我們只合求科舉、說官階。抑或有點事識破我們，就瞧我們不在眼內。況見我們是向政府求功名的，更疑我們是去偵探他們的行動，自然要思疑了。」康有為道：「軼賜的話還自有理，但我有什麼歹事被他看破？總而言之，吾道不行，就所如輒阻也罷了。你們且退。難道自己就幹不來，要依附他人不成？」說了，林、梁二人退出。

康有為再想孫文如此見外，料覷破自己不是實心與他同志，故以如此。但兩學生前去親見，他人不賞臉，自己面上實過不去。他日稍有微力，無論如何盡要阻礙孫文，才出得今日這口氣。想罷，心中更自憤悶。又忖這回欲助同孫、楊行革命的事，只有林、梁兩學生知情，若傳將出去，恐又被人說自己見異思遷了。況林魁為人不甚懂得機關，容易胡亂說了出來，因此要靠林魁祕密，更竭力籠絡林魁。常說林魁性情酷似曾參，質雖愚而勤於學，將來得吾道者必魁了。林魁聽了，見先生說自己可以繼承道統，好不歡喜，便又竭力趨承康有為，一舉一動也留心不過。恰那日是八月中旬，適逢佳節，夜後家家笙管，處處絃歌。同門學生或喚花舫遊河，或到酒樓賞月，更有些告假回鄉趁節的。十分熱鬧的時候，哪個不出門遊逛？所以萬木草堂裡頭靜悄悄的一個人影也沒有，只有林魁因屢次蒙先生讚他勤學可以傳道的，更在康有為面前賣光兒，雖什麼熱鬧的時候，也沒有出門。只著使喚人買了些果餅回來，挑選張桌子來在大堂上，又拿過張椅子來坐著，手拿了一盞清茶對月而飲。只見一輪明月當空，星稀雲淨，那月色倒照庭階，越發精彩可愛。

時不過初更以後，康有為本欲出門赴友人飲局，忽見那姓林的如此孤零坐著，反不要及時行樂，畢竟勸學的自是不同，連自己也不好出去。忽即遄返房子裡，又覺如此良宵怎好辜負，因此腳步還未起行，那三魂七魄不知飛往哪處繁華鬧熱場裡去了。故幾次蹀躞房中。林魁見了，又不知康有為要作何事。怕忌自己獨坐此間，看著不好，亦急的遄回房子裡躺在床上。忽聽得隔壁嗷嗷嘈嘈，有品簫弄笛的，有猜拳行令的，動得自己心癢。覺他人如此熱鬧，自己何苦博個勤學的名，挨的寂寥，旋又起來向門外一張，見康有為在房中亦像行坐不安，口語喁喁，腳步忽出忽進。林魁正看得出神，忽聽得康有為房門一響，就疑他要出門去了。猛不防康有為拿了一杖行出來，向自己房門一擊道：「魁乎！」林魁急的應了兩聲「唯唯」，即披衣出了房外，果然見康有為，即隨著他直出了館門去了。沿街上行來，亦步亦趨，正不知先生要喚自己何事，又不好多問。心裡盤算間，已聽得譙樓上已響了二更三點。想如此深夜，趁著館中無人，獨喚自己出門，想必是要給自己傳授道統。因先生亦說過將來可承他道統的只自己一人，今更幸各人出門尋快活去，實是我應得道統的機會，可無疑了。

且行且想，但見康有為沒句說話，自己便肅然莊重。不覺已近三更，行人漸少。只有月色照得街道如同白晝，一路踏著月色而行。已不知經過幾多街巷，漸行得乏了。又想雖要傳授道統，怎要行這般遠？怪得古人說任重而道遠，自己應不必畏行路之難。再過幾條街巷，已見一座高山，早認得是觀音山的去處。腳步越覺疲軟，行一步歪一步，已捱得到山腳。向上一望，尚有百數步石級，也見康有為亦行得氣喘喘的，上氣不接下氣。林魁正要請他大家坐一會兒歇歇，又恐以畏難被先生見責，便一句勞苦話也不敢提了。在康有為自己，亦覺行的太苦，但林魁且不提及，自己要把道統傳人的，如何敢說？唯有竭力撲跌上前，口裡像吹氣的一樣，呼呼的籲響。及行到了一座觀音堂前，正要歇歇足兒。就借觀景為名，在石磴上抖了抖。林魁肅然坐著，精神注在康有為身上，看他如何傳授，一手、一足、一耳、一目，無處不留心。時康有為一句話也沒有，只是四圍張望。覺月色雖好，但那地恰在樹陰之下，正當秋風初起，樹枝搖動。初時行路也不覺得，到這裡見樹斷迷離，竹聲瀝瀝。適有隻鳥鵲在樹上，驚霜怯月，飛的撲撲有聲。二人不知是何鬼物，不覺毛髮悚然，嚇得一跳。康有為覺此地坐得不安，便起步望山頂再行。林魁見他未曾傳授，也不敢怠慢，唯再起步跟隨。直至山巔之上，但見正中一輪明月，照耀得銀世界一般。俯瞰鵝潭，月映江心，永珍汪洋，澄清一色。正是月白風清，天空地靜，真覺煩心頓釋，萬慮齊除。挑選一片草地上坐下，林魁也陪著肅然坐著，默聽傳道。正是：

不畏長途登峻嶺，只稱傳道騙同門。

要知後事如何，且聽下回分解。

第八回

談聖道即景觸風情　為金錢榮歸爭局董

話說康有為挑選一塊草地坐下，林魁也陪著坐了，正靜聽他如何傳道。康有為先舉首望天，隨又低頭望下地去。林魁忙點頭，當這個情景，是聖人仰觀天文，俯察地理之意。康有為正待說下去，突然向前遠地一望，但見各家慶賀中秋的旗幟高揚，或紙或布，五光十色。凡羊角燈、走馬燈、風箏燈，紙尾紮成批皮橙樣，似攢珠串兒掛起，家家鬥麗，戶戶爭妍。瓦面上燈籠的燈光燭天照地，與月色爭映。在那最高的所在看下海面去，沒些遮蔽。水光湧著月色，如玉宇銀濤，一點塵障兒也沒有。那些買棹臨流賞月的大大的畫舫，細看去只像一葉的小扁舟。其餘小艇總看不著，只見得萬點燈光，在海面隨波上下。又見一處更為鬧熱，一派燈火之光直衝霄漢。燈光之中，略認得橫旗直幟，全用花綢剪成。燈光之下，隱隱無數花樓畫舫，較別的船艇尤為繁華大觀。康有為也料是谷埠花叢的去處，怪不得這樣奢華。又朝西一望，覺燈光照耀，旗色飄揚，差不多像谷埠裡一般，又料是陳塘的去處。自忖那兩處地方，自己也到的多了，什麼美金、銀美、牡丹、玫瑰，倒是自己心坎兒相許的可人，可惜今日佳節良宵，礙著林學生在館中，赴不得友人的飲局，也不曾到那意中人處探節，是一缺憾的事。明兒相見，定然要怪自己是個當著時節躲避開的了，怎麼好呢？正胡思亂想，險些兒忘卻傳道的一件事。急轉念來向林魁正欲有言，忽然近地笙歌絃管之聲，隨風送到耳邊，音韻悠揚。又可惜美景良宵，偏到這荒山上無聊的坐著，不覺誦唐詩一句道是「誰家玉笛暗飛聲」，說了，看林魁肅然對坐，不免反悔孟浪。急的定一會神，幹那傳道的事業，就舉起手上所攜的杖，向草地上畫上一回，即說道：

魁乎！吾道一以貫之而已矣。雖吾也道大莫能容，然天地之未喪斯文也，幸生德於餘，又得天下英才而教育之，故吾黨之小子斐然成章者，大有人焉。唯魁也，智足以知聖，學足以致道。五百年必有賢者興，薪盡火傳，當在吾黨。魁也勉之，爾毋多讓焉！

林魁聽罷，又連應了兩聲「唯唯」，康有為即點頭不語。林魁覺乘夜穿街過巷，跋涉到這處高山，僅聽得幾句四書陳腐的語氣，可是這般就算傳道？悔不如早上出街遊玩一回，還暢得心神。即或不然，就在館中早早睡覺，還能養養神，勝過勞苦來到這裡，因此也甚悔此行。忽又想起當時孔子傳道於曾子，亦只得一句，或者自己將來真能繼承道統，也未可定。當下自言自語好一會。康有為亦料林魁必有些悔意，正待起行回館，猛不防聽得丁冬丁冬，譙樓上已響了四鼓，想這時各街道中多管關了閘子，怎能回去？若沿途叫閘，明天若被人知道了，怕滿城都要弄出笑話來了，因起了身時，仍復坐下。林魁初猶未省，滿望快些回去，眼巴巴望得康有為起身。待要起行，忽又見他坐下，不知何故，自己亦唯有再坐。康有為道：「想不久就天亮的了。」林魁那時方知要待天明方能回去，定因街閘未開之故，但挨足一夜，好不辛苦。

因坐了多時，兩條腿也麻了。欲就在草地上睡下，又因這回是到來傳道，不可露出疲倦的狀態。且又不恭，斷使不得，唯有撐起精神兀坐。究竟來時已行的苦，又寂坐了多時，容易疲倦。先是打了幾個呵欠，隨又打盹兒，身上似撐持不定，東搖西歪。康有為看了，心上兀不自在，唯詐作不見。而且自己亦疲憊得慌，欲開言大家同睡在草地上歇歇。但覺金風颯颯，玉露零零，草已沾濕如雨後一般，隨撫自己衣裳，已是濕透了。不特難睡，且亦不能久坐，但自己究不敢做聲。林魁已忍不住，即道：「不如跑回觀音堂那裡，待天亮時才返也好。」康有為亦以為然，即起身一步步走回觀音堂裡。行時猶恐廟門未開，須在門外待旦。湊巧觀音堂的司祝因年老不大濃睡，卻起來開了廟門乘涼，且看月色，忽見兩個人影閃閃匿匿前來，肚子裡滿腹思疑，覺如此深夜，有什麼人到此，正不知是人是鬼。縱然是人，想亦是盜賊一流，還幸廟裡沒甚東西可盜，便閃在一邊，看他兩人行動。及行近時，卻見他兩人是個書呆模樣，整衣長袖，搖搖擺擺，司祝大為詫異。二人卻向司祝把頭一點，即進廟裡。司祝即問道：「你兩位是什麼人？深夜來到這裡幹什麼事？」林魁也不能答。康有為道：「是來賞月的。」司祝道：「奇了，偌大熱鬧城市，繁華的水面，難道沒一處可以賞月的，偏要這荒山才好？」康有為道：「熱鬧的不好，究竟這等地方還雅靜呢！」司祝笑道：「雅靜的卻好，只太自苦了。」林魁聽了，覺這司祝若做著自己，還不著他道兒，不知我怎地愚蠢到這樣。那康有為卻道：「你不聞古人踏雪尋梅麼？我們便算登山賞月呢！」

司祝道：「只好好說目前的事，怎地又說起古人來？」康有為又道：「你老人家怎地要這般早起？」那司祝道：「你看才是五鼓，我哪便起來？還要睡呢！」康有為道：「我們行得乏了，想借地方歇歇。你老人家只管睡，我們權坐這裡少時便去。」那司祝道：「你是要賞月的，出門外也好。」康有為道：「想你老人家不願留我在廟裡了，但聖人於人無所不容，又何苦如何呢？」那司祝道：「什麼是勝人輸人，我不懂得。我定要睡，休纏我。」康有為道：「誰纏你？我們又不是強盜，何必多疑。」說了，那司祝仍不肯，只喃喃說道：「平時又不相識，知人臉面不知心，況夜行的有什麼好人，怎敢便留宿？」林魁心中且憤且悔，早走出廟門外，康有為也隨著出來，無可奈何，只在觀音堂外等到更殘而後，方起行回館。

當來時因要傳道，方一團勇氣乘興而來，還不大苦。及回時已捱了一夜不曾歇過眼兒，且心中帶幾分悔恨，行的更苦。及回到館時，已日出東方，各學生正訝他的康先生和林魁二人不知哪裡去，問問門房，才知他兩人於昨夜將近二更相將出門。都忖道：昨夜眾方出外遊行，單是林魁不往，先生獨與他同出，定有些祕傳，故乘眾不在方幹去。正議論間，只見康有為手拿一杖，與林魁同回，無精打採。林魁更垂低頭腦，直回房裡。各人正欲問時，已見林魁快把房門閉上。躺在床中，倒頭便睡。旋又見康有為著門房傳出，今早不講書了，亦閉上房門便睡。可憐他兩人一夜捱得苦，疲倦到極。整整睡到夕陽西下，方自起來。那林魁更睡出病來了，連服了兩劑茶，發了表，方才好了。因昨夜的事，心裡自知其愚，初時也不敢對人說，後來許多同學探問才略露些。誰想各學生也不勝欽羨，謂他獨得繼承道統，可見各學生倒被康有為籠絡上了。只有林魁身受的，自知其愚，差幸各人反歆羨起來。覺自己已經被欺了，不妨乘勢欺人，便說得天花亂墜。自此各人也越發敬重林魁，不在話下。

且說康有為原籍西樵地方，有一條基圍，喚做桑園。那基圍包圍許多田畝相連，十三鄉倒靠那桑園圍防禦水患。以前因西流水漲時，每致基圍潰決，因此連年須大費修理。先是動支公款，但連年如是，公款也支銷多了。附近紳士就借修理基圍之名，藉端開賭。這賭具喚做圍票，凡是各村士紳都有陋規均派。

且那基圍相連南、順兩邑交界，更積有修圍常款，曾為爭攬私利起見，兩邑紳士已經纏訟多年。偏又增多一筆圍票款項，如何不爭？單是各紳，既有陋規均派，都死力幫訟，單瞧康有為不在眼內，故陋規沒有康有為的分兒。康有為眼睛仍是黑的，心中實愛財如命，見陋規單不派到自己，心上已怒不可遏。但自己向來稱賢稱聖，故雖沒有陋規派到，口裡卻不敢說什麼。各紳士亦見得他有癲康之名，由他稱做聖人，估量他奈不得什麼何。藉藉眾口，謂他是個聖人，斷沒有收受陋規的，自不好派往他處，免討沒趣。康有為聽得，見各紳士不把陋規送來倒還罷了，還把聖人賢人的話來譏笑，如何忍得？叵耐十三鄉中，許多翰林士紳，自己只是一個舉人，也沒法子。因當時做局紳的是張喬芬，本是一個進士主事，因他科分進身在前，故許多翰林都讓他總理局務。康有為既恨張喬芬，滿望點得一名翰林回來，要代他掌局。縱不然，亦須慢慢尋個法子好來對待他。

懷了這個念頭，已非一日，因此想出一條計。一面說稱要整頓地方，一面在鄉間又使人遊說紳者，薦舉自己充當局董，至於向來有與張喬芬不睦的，也幫同助力。於是有欲扶引康有為的，有欲摧倒張喬芬的，不一而足。康有為滿心滿意這名局總拿到手上，只各鄉大紳一來見康有為科分太新，二來見他少年輕薄，三來見他康姓族小人稀，總瞧康有為不上。康有為只妄自尊大，那裡得知？但見些鄉人受自己囑託，列名來舉自己，只假意推辭了一次，隨後再來請充局長，當即允了。正待擇日進局，又恐學生知自己貪做局紳，即飾說道：「我本待要出身加民，奈卻不得鄉人敦請，且要整頓地方，也沒奈何了。」誰想正任局紳張喬芬不曾理會，拿定局戳不肯交出，康有為大怒，即到縣裡控張喬芬把持局務，據戳抗眾。張喬芬又控康有為武斷鄉閭，要謀據局款。縣令見兩造情詞各執，只放下慢慢查核。康有為焦躁不過，只慫恿鄉人往索局戳。時適翰林院侍讀學士潘衍桐因眼疾居家，他是南海西樵天字第一號的大紳，原與張喬芬有點交情，卻又最鄙康有為向來狂妄的。聽得張喬芬來說，康有為要謀充局長，恐他一進局中，不知如何顛倒，便囑喬芬道：「如他親到索取局戳時，只推說來這裡交待，如此如此，管教他一場出醜。」張喬芬即依計而行。果然三五鄉人來索局戳時，只推待康有為親到索交。及康有為到時，又推往潘學士處交待。那康有為希冀一名局紳，已失了魂魄，猶當張喬芬之言是真，要到潘學士處接受，不想反丟一場架子回來。正是：

堪笑貪資謀進局，頓教出醜在當堂。

要知潘、張二人弄什麼計來，令康有為出醜，且聽下回分解。

第九回

據局戳計打康舉人　謀官階巧騙翁師傅

話說康有為因與張喬芬爭充局董，有為先自串通幾個鄉中紳耆，幫助自己。張喬芬料然爭他不過，即請教潘學士。那潘學士是最嫉康有為的，因他行止聲名不大好，斷不肯令他充十三鄉局紳，當下即暗囑張喬芬如此如此。喬芬領了潘學士密計，因為康有為要逼自己交出局戳，就揮了一函與康有為，說稱局戳已交至潘學士處，請康有為到潘學士處領取。康有為信以為真，見了張喬芬那封書之後，即歡喜對人道：「今番局戳到潘手了。」便獨自一人乘了一頂轎子，跑到潘太史第來。先自把個名刺傳進去，少時見閽人傳出一個請字。即時下轎，轉令轎伕等候，獨進門裡去。由閽人引至廳上坐下。等了半天，不見潘學士出來相會，心中大為詫異。正待向閽人問個原故，只見有兩個人從後堂轉出，向康有為招呼。那康有為當自己是個新任局紳，擺出個大架子，任那兩人恭恭敬敬招呼他，他卻不起身。只大模大樣，略把頭一點。那兩人已怒他荒謬，明知他是康有為，卻詐作不知，故問他尊姓。康有為只答一個「康」字，亦不還向那兩人問訊。那兩人怒極說道：「你就是康有為麼？」康有為點首道：「不差，想我是新充十三鄉局紳的康夫子，你們知道了……」說猶未了，只見那兩人發狠道：「你就是康有為，該打，該打！」說著，只見後面幾個人跑出來，康有為聽得一個「打」字，已自心驚。又見幾個人一齊跑出，慌得面色也青了，鞋不及穿，向門外就走。早被那幾人輕輕賞了幾拳，故意把他縱了。

原來這個擺布，都是潘學士授計與張喬芬，引康有為到來，為他謀充局紳，要他當堂出醜的。自康有為走後，潘學士與張喬芬方從裡面出來。問得情形，自然見得好笑。潘學士笑道：「那癲康天天說文明，我才把野蠻手段來對付他呢！」張喬芬等聽了鼓掌而笑。潘學士即謂喬芬道：「你在這裡權住幾天，避他尋仇，然後拿回局戳，你只管辦你事罷。待我稟知南海令，由你照舊辦理局務便是。」張喬芬自然感激不提。

且說康有為走了出來，大聲喚那轎伕時。轎伕見他身上仍穿長衣，足下仍穿了白襪，偏沒有登鞋子。額上的汗如雨點下，面色青黃不定。這個情景，已自偷笑。即抬他回至寓裡，領了轎錢便去。那康有為見了寓裡的人，那時面上又由青黃轉了黑色。憤然怒道：「好大個翰林！好大個主事！盡有日俺康子點了及第回來，教那老盲賊看。」一頭罵，一頭進裡面去了。各人聽了，卻竊忖道：「他方才是很高興出門去的，如何這個樣子回來呢？一定是被人打走了。又一人道：「他出門時是說拜會潘學士的，並說去領局戳，想未必有打架的事。」又一人道：「是了，是了，他方才不是罵什麼翰林主事，又罵什麼老盲賊麼？潘學士是個翰林出身，因眼疾自請回籍的，那主事想就是張喬芬了。一定為討局戳出了醜回來了，若是不然，那有如此氣惱呢！」各人都道：「是了，是了。」你一言，我一語，康有為也聽得一二，料知是議論自己。細思潘、張二人如此輕視自己，罷了，罷了，若不謀個及第回來，怎能吐得氣呢？

恰那年正是會試之期，即打點行李上京會試。只是朝裡頭自從甲午年間與日本開仗，被日人打得大敗，又賠了二百兆兩銀子。及割了台灣方能了事，因此官場也知得外人強盛，己國衰弱了。康有為到京後，正乘此時顯個名聲，縱不能點得及第，也望得個高官，也好回鄉與張喬芬算帳。就聯合了一班舉人，上了一折，請都御史代奏，喚做「公車上書」。內中所言，不外是築鐵路、開礦務、裁冗員、設郵政、廢科舉、興學堂等套話。唯就當時官場中人，個個都不通外情的，見了康有為等這本摺子，差不多當他是天人了。唯朝家究竟不能見用，康有為好生憂鬱，官癮越加發作起來。猛然想起當時京中大員，都是講《公羊》學的，就沒命看了幾回《公羊春秋》，揣摩了幾篇時墨，那次會試竟僥倖中了第五名進士，點得一名工部主事。因為不能點得翰林，仍是失意。唯當時有幾位大官執政的，見康有為能說什麼公羊婆羊。前者公車上書又能談得新學，倒歡喜他，以為他不知有多大本領。

就中一位是狀元及第出身，正任戶部尚書協辦大學士兼軍機大臣姓翁名同龢，號叔平，是江蘇常熟人氏。又有一位是李端芬，號芯園，乃貴州人氏，方任禮部侍郎。那李侍郎是他門生梁啟超的相親，因梁啟超中舉，正是李端芬充廣東大主考——取中梁啟超的。他見啟超少年中舉，就把侄女嫁與啟超為妻。康有為憑這條路夤緣起來。李侍郎亦欲得一條升官捷徑，正好借變法之名，望清廷重用，因此樂得與康有為結交，故要替康、梁二人保薦。原來康有為有許多癮癖的：第一是做聖人的癮，像明末魏闇一般，要學孔子。第二是做教主的癮，像歐洲前時的耶穌，今時的羅馬教皇。第三就是做大官的癮了。既自中了進士，得幾個紅頂白鬚賞識，那官癮更自發興，便與梁啟超商議，看有何進身之計。想來想去，自然要先靠李端芬，就與梁啟超天天在李端芬那裡走動。李端芬既有意推薦，就介紹他多識幾個京官，如學士張伯熙、徐致靖，也往來漸熟了。康有為這回覺漸已得勢，但自忖御史有奏事之權，總要結交三五位御史都老爺，自是緊要的。偏又事有湊巧，有一位御史喚做楊深秀，與李端芬是有個師生情分的，所以康有為先結識了他。又由楊御史介紹，如尚書徐會澧、御史宋伯魯，都成了知己。

這時京官之中，已有多人吹噓康有為，故當時尚書銜總署大臣張侍郎蔭桓也有來往。那張蔭桓號樵野，亦是廣東南海人氏，與康有為只是鄰鄉，自然逐漸親密。時蔭桓屢使外國回來，知得外國文明政體，今見有個鄉親康有為好談西法，如何不歡喜？況蔭桓以吏員出身，自己見半生來不能巴結上一名舉人進士，故平日見了同鄉的讀書人，是最歡喜接見的。且康有為能說西法，因此款接之間，動要討論政治。那康有為本有點子聰明，雖於西國政治不大通曉，唯看過幾部《泰西新史攬要》的譯本，加以口若懸河，自能對答得來，蔭桓不及細查，即讚道：「足下如此通達時務，將來實不難發跡，不特我們廣東里頭將來多個大員，且朝廷若要變政，也得多一個幫手。」康有為聽了，暗忖自己方要做個先進，今張侍郎只說他得個幫手，已好生不悅，但正要靠蔭桓的勢力，自不敢衝撞蔭桓。因張蔭桓那時正當總理各國事務大臣，身佩七個銀印，正是紅極的時候，有為如何不靠他呢？因此就信口答道：「此事全靠鄉大人提拔，門生就感激了。」張蔭桓道：「際會自有其時，現朝中同心的尚少，變政兩字是目下不易辦到的，足下盡安心聽聽機會也罷了。」康有為聽到這裡，因自己那種切望升官的念頭已是禁壓不住，今張侍郎還要聽候機會，好不耐煩，便答道：「國勢危極了，這會若不速行變政，還待得幾時？只怕列強瓜分中國的大禍也不久出現了，門生位卑不合言高，求鄉大人力對皇上奏請施行才是。」張侍郎道：「變法兩字是小弟最歡喜的，但那些宗室人員和那一班舊學的大吏，大半是反對的，目下如何幹得？弟非為怕事，只利害時機不可不審，足下總要想透才好。」康有為道：「大人這還有見不到處，因朝中大員贊成的已不少了。」張侍郎聽了，便問：「贊成者究有何人？」康有為道：「太傅爵相李鴻章是最談洋務的，他料然不反對。至現在軍機大臣協辦翁同龢，也令小弟呈上條呈。其餘李端芬侍郎、徐會濃尚書、張百熙閣學、徐至靖學士、孫家鼐尚書，多半是贊成的。至於大學士徐相、尚書許應騤、懷塔布，雖或反對，然他們是個畏事的人，縱不贊成，哪裡敢來抗阻？故就小弟愚見看來，這機會是斷不可失的。」蔭桓聽了，覺翁同龢是咸安宮總裁、上書房總師傅，是個言聽計從的人，在軍機裡頭頗有勢力，若他贊成變法，料可幹得來。原來張侍郎是最服翁同龢的，因此就中了康有為之計。

這時反覺康有為說得有理，想罷，不覺點頭，隨又說道：「怕那宗室滿人於此事不大喜歡，因他們多是頑固到極的，此事終不宜造次。」康有為道：「小弟總打算定了，若真個變起法來，或不幸有些變動，勢不得不靠些兵力。現小弟已想得一人，正合用著他呢。」張侍郎便問何人，康有為細細說道：「現袁世凱正充練兵大臣，統練新建陸軍，部下有六千人馬之多，不怕不能幹事。」張蔭桓聽到要用兵力，嚇得一跳，便說道：「如此就大難了。爾好好地說變法，因何又說起要用兵來！這舉動豈不是自相矛盾麼？」康有為聽了，此時覺得自己說錯了，即轉口道：「小弟還沒有說完。因我們中國若能變法，必能自強，是外國人最忌的，怕他要來干涉，還有袁公一支兵力盡可使得。」張侍郎道：「這越發差了。我們自己變法，外人那裡便來干預？縱然是干預起來，量袁氏這六千新建陸軍，又如何抵擋各國？爾休說得太易！」康有為此時又覺說錯，再轉口道：「縱不靠他防禦外人，便是頑固的一班兒有什麼反對暴動，就靠他六千兵來彈壓，卻也不錯。」張蔭桓覺他越說越支離，暗忖袁世凱那人，是專聽大學士榮祿指揮的，如何肯聽他呼叫？如此必要弄壞了。奈康有為還是說得落花流水，覺得不好與他多辯，只得糊塗答應去了。康有為便去。

自此，康有為天天到張侍郎那裡談天，都是慫恿張侍郎，請他奏請速行變法，及運動他保薦自己。又常常把書信送給張蔭桓，張蔭桓不勝其擾，早知他如此變法，必要弄出事來。但張蔭桓是贊成變法的，又見翁同龢且如此贊成，自己縱不相助，盡該在旁觀看，便不理康有為，只靜中看他如何做法。唯康有為並不知張蔭桓心事，只當張蔭桓是被自己籠絡上手，因此那點雄心更發作了。又念欲行大志，總要自己黨人多些居高位，較為有力，一來設法使他們升官，變法之事由他們做起，有功時自然數典不忘祖，要歸功於己。若有過時，就由他們抵擋，豈不甚好。天天打算要先薦自己黨羽出身。因康有為未中進士以前，當甲午戰敗之際，在京時曾結了一個保國會，這保國二字是很闊大的，不知是保中國還是保清國。唯對著滿人就說是保清國，若對漢人就說是保中國不保大清這等宗旨，正像俗語說的兩騎牛。所以當時北京風氣初開，都聞得保國會三字來相從附，整整有幾十人之多。過半是候補馬差人員，未有官職，滿肚牢騷的，如岑炳元、林旭、譚嗣同、唐才常、劉光第、楊銳，與門生梁啟超、親弟康廣仁，統通是保國會人物。那時節康有為因為謀大官，要先薦同黨，故官癮更大，把從前稱聖稱賢的念頭拋到爪哇國去了。

但左右思量，欲援引自己黨羽，總無門路。便往請見翁同龢，求他設法，翁同龢道：「足下舉動，每每為人不喜歡，因何自己太過不斂跡？就是把你保薦出來，怕今天老夫上了保章，明天就有遞折來參劾你的，這樣如何是好？」康有為道：「弟思量得一計，恩相不如先奏一本，請皇上諭令各大臣保舉賢才，方今國勢危弱，待才而用。這一本奏摺不怕皇上不准的，若然有諭旨准奏，然後保舉小弟一班人，自然有所建白，必不負恩相抬舉。」翁同龢聽了，覺此計甚好，連稱「妙極」，也一一領諾。康有為去後，過兩日，翁同龢由軍機處入值上書房，就親自遞了一本奏摺，內裡都是說國勢式微，由於人才乏絕，不如令內外三品以上大臣舉保賢良這等語。當時清帝見了，覺此折所說未嘗不是，就面諭翁同龢道：「此策甚好，可以收攬人才，為轉弱為強之計。」便批出准奏，諭令各大臣保薦。翁同龢更奏道：「往時詔舉賢才，只是循行故事，今番總要認真。若所舉確係賢才，就宜立刻破格錄用。」清帝亦當面允奏，翁同龢好不歡喜。退值後，即與三五知己商妥，或保薦一人或二人，統把康有為的黨羽來保舉。可憐翁同龢做了幾十年大員，一旦被康有為愚弄，就保出那一班怪異，弄出大大的風潮出來。正是：

休雲老相能謀國，竟把奇魔當得人。

要知後事如何，且看下回分解。

第十回

請舉賢翁同龢中計　聞變政清太后驚心

話說當時清帝允準，令各大臣自三品以上的，一律保舉人才。那時康有為已分遣一班人，四面運動，都下了種子。真是天降妖魔，一時出現，紛紛把康有為及梁啟超師徒兩人保舉。其餘他的黨羽如楊銳、林旭、楊深秀、劉光等及康有為的親弟名廣仁的，已都在大員保舉之中。其中分名保他的，就算翁同龢、李端芬、徐致靖等最為著力。單是張蔭桓見康有為舉動，不像個辦事之人，也未列名保舉。那日康有為就親訪張蔭桓，問他何以不列折保人？張蔭桓見他如此詰問，如直說出來很不好意思，便託故說道：「我意中欲保的，只有足下一人，奈兄弟與足下是同省同縣同裡的鄉親，保將出來，不免嫌疑。且我料足下定必有人保舉的，故不必多此一折。」康有為聽了，只道張蔭桓說的是真心，這一項高帽子，自然歡喜戴得安穩，便答道：「小弟誠非自負，這回能進身做官，定有一番驚天動地的事好給人看，斷不負那些出名保舉小弟的。」說了便即辭去。張蔭桓自忖康有為如此自負，要做出驚天動地的事業，怕反要弄出烏天暗地的事來，只在旁觀看看他罷了。因此康有為一班人任如何舉動，他總不置議。閒話休提。

且說康有為自得人保舉，正要商定自己黨羽，以用何人居何職為好。自忖若單系自己辦事，倘有不測，禍先及身。不如多引幾人同幹事，若天幸有功，自然歸功自己。若是有過，則冀可免罪。立有這個念頭，就請翁同龢設法位置。這時翁同龢就像紙紮的偶像，由得康有為舞弄。即把林旭、楊銳、劉光第等保了軍機章京。康有為做總理衙門章京。令梁啟超辦理上海譯書局。這幾人是新進的，都由清帝召見過一次，其時對奏，都是廢科舉、辦學、開礦、築路等事，清帝自沒有說不好的。又請清帝開議院，這真是做夢一般。曾不度清帝力量可否做到，又不度滿人意向有反對自己沒有，就亂說出來。但說出這話，行不行倒沒緊要，誰想康有為更說出請清帝盡廢綠營兵額，盡裁旗丁口糧。又說什麼君民平權呢，滿漢平權呢，那時光緒一聽，心上已吃驚起來。因向來各國最賢的君主，還沒有肯自棄君權，反畀民權的道理。凡立憲民權，自然是要國民流幾多血，棄幾多頭顱，才爭得轉來。今康有為看過幾本譯本西書，就亂搬出來。你道清帝驚不驚呢？況且滿人向來最仇漢人的，又是向來坐食口糧，要吸漢人膏血的。若要裁旗營，廢綠營，哪裡做得？所以當時清帝聽了，只付之不聞而已。

當下那幾人召見過之後，即有許多滿員大臣，面見清太后，說康有為那廝顯然是造反的。他說裁撤我們綠營，真是要除去滿蒙漢軍的人馬，另使漢人當兵，好下手造反。皇上年輕，恐一時不察，著他道兒，我們朝廷還得安靜麼？清太后聽得，覺此說真有道理。但當時是清帝親政，清太后覺似不便即行阻止。唯有留心再看，看他們如何舉動，才作計較。誰想清太后懷了這個念頭，康有為依然不知。只因保舉得個總署章京小小差使，就像做了拜相一般，滿心歡喜。正是螳螂捕蟬，不知黃雀已伺其後。自得清帝召見之後，以為見過皇帝，已用他們辦新政，好生了得！不提防次日清帝竟有一道諭旨，派孫家鼐為辦理新政大臣。所有康有為等條陳新政，都要稟明孫家鼐，然後轉奏裁決施行這等語。康有為見有這道諭旨，真像平地起了一個霹靂飛雷，吃了一驚。因為得清帝委任了之後，以為辦理新政大權，盡在自己手上。不想派了那位吏部尚書孫家鼐出來，凡事要稟明過他，已是礙手礙腳。且又要轉奏裁決，可見凡事從不從、行不行尚屬未定的。

原來清帝自康有為說到民權議院及裁綠營、撤旗營的話，已有幾分疑心。故派一位大臣，好來限制他們，使不得放肆。康有為哪裡得知，只道有人阻撓於他，就立刻會齊同黨商議。時林旭、楊銳、劉光第、楊深秀等一班人俱到，康有為先說道：「前天皇上召見我們，可不是叫我們認真改辦新政麼？這樣方是有權辦事。今怎地忽變起卦來，究是何故呢？」楊銳道：「料是有些頑固之徒從中阻撓的，趁此多人保舉自己，及皇上見用的時候，先彈參三五大臣，把些權勢給他們看，日後才好做事。」各人都以為然。有為便往見翁同龢，告知派孫家鼐做新政大臣，恐各項條陳或有阻抑，實在不便。翁同龢道：「你們只是一個章京，不過六品的差使，另派大臣管理，是自然要的。待老夫明天奏請飭下各衙門，無論什麼條陳，都要代奏，不得阻抑便是。」康有為拜謝而去。那時康有為幾人都在南海館做巢穴，雖然他一班人或在軍機，或在總署任章京，但新政兩字說的易，行的難。天天會議，究從哪一處下手，實在沒什麼把柄。果然一二日自翁同龢入奏後，又發出一道諭旨：著各衙門凡有什麼條陳，都要接收代奏，不得阻撓。康有為自然歡喜。唯是會議辦法，那一人說要從那一處下手，這一說又要從這一處下手，究未得定。時中西人士無論在京內外的，都張著眼看康有為行動。就有那些駐京各國公使，議議論論，有些說道：「軍機內閣許多人都不用，偏用那章京，那章京究竟是多大官銜呢？」有些知道的，就答道：「他是主事，不過六品官兒；那章京只是一個差使，幹得什麼事？」又有說道：「那康有為要行西法，難道他是精於西學的麼？」有些知道的，又答道：「不是，不是，那康有為是未曾讀過西書的，哪裡懂得西學！想是看過幾部翻譯的新書，他就要做特別政治家罷了。」因此上各人倒見得奇異，唯康有為也不計較，只閉埋雙眼，亂行亂走。

那一日，各人會議停妥，康有為拿定主意就要先裁汰冗員是第一要事。座中大半是遇風隨風，遇水隨水的，都道：「是極，是極，國家虛糜俸祿，自然是先要裁汰冗員的。」唯諸人之中，畢竟林旭有些主意。那林旭本是福建人氏，他祖父名林則徐，由翰林出身，做過陜、甘、兩廣、雲、貴總督的。他自幼能讀父書，又娶了前任兩江總督沈葆楨的女兒為妻，夫妻們倒略懂得事的。聽得裁汰冗員一事，即答道：「冗員自然要裁的，但官場中人十居其九是有了官癮的。若把他現任的官員白白地裁去了，他們自然是要懷恨，恐不免百般運動，作我們阻力，實不可不防。」各人此時見林旭說得有理，單是康有為聽得以為有人違自己意思，大不以為是，即說道：「現在皇上是認真深信我們的，任是誰人阻力，哪裡阻得來！凡事全憑膽子做去，若畏首畏尾，還辦得事麼？」各人此時又覺此言有理。林旭又道：「現在是新辦事的，皇上主意究未拿得定，倒是要避人所忌的為高。」康有為見林旭苦苦致辯，不從自己之計，如生氣又恐眾人不服，即想一條計，假說道：「我實在說，昨夜皇上乘夜密行召見小弟，使內監密引至內宮商議大政，諭令我放膽做去，皇上並說道：『今日國勢，不變法斷不能致強，若有人阻撓，只管奏上來，立刻懲辦……』等語。諸君試想，有這般聖明之主，小弟得君又如此其專，又畏忌什麼呢？」林旭聽罷，初不知康有為是說謊的，覺清帝既如此深信，無論如何下手，卻亦不妨，因此更不多辯。

康有為大喜。次日即具條陳呈到孫家鼐處，看看那條陳，是外省督撫同城的，要裁去巡撫，尊重總督之權，使辦事不致阻窒；又京內閒員如通政司、大理、太常、太僕、光祿、鴻臚等寺，幾如虛設，便要裁去，免靡廉俸。這兩項官員，孫家鼐自念某巡撫與自己有年誼，某寺卿與自己是師生，實不忍裁去，奈清帝屢說條陳不能阻撓，自不敢不奏，遂即將原條陳奏知清帝。果然那些官員確如虛設，斷不能留的，就批出「著照所請依議辦去」。列位試想，立憲之國，那有君主獨批獨斷的，今康有為說變法立憲，乃仍是皇帝個人主意行止，豈不是聞所未聞麼？自冗員裁撤之後，林旭即來說道：「現在冗員已裁，冗兵亦宜撤，如旗營、綠營，年中耗去餉額不少，留此項冗費另練新軍，方是長策。」康有為一聽，覺此言雖是，但恐滿人盡要妒忌，便答道：「此事實要緩辦，今若如此，旗滿及蒙古人必然變動，要為我們阻礙，如何是好？」林旭道：「足下前天曾說皇上深夜密召，既許以重權，又何必畏懼？」康有為覺林旭之言實是當面拿自己後腳，心中大是不悅，只是同事中人究不宜遽興水火，便順答道：「且待商量，再行定議。」說了，林旭便去。

誰想自說過裁撤旗綠營之後，不知如何傳出，旗滿人都憤怒起來。因見幾位巡撫及十餘寺卿真已裁了，這裁旗綠營一事，定然是實行的。因此互相傳說，莫不憤怒。實則康有為雖言過滿漢平等，究為自保官位起見，不敢認真損滿人利益的。奈滿人信以為真，所以漢軍及滿缺大員又會齊往見太后，具說皇上信從康有為，要把我們宗族的衣食也撇乾淨了。試想入關之初，旗綠各營或是宗室之英，或是從龍之彥，幾多汗馬功勞，方有今日。若把口糧統通失去，豈不是要我宗族凍餒而死麼？清太后聽了，心中頗動，但究竟細看些時才好發作，便諭令各滿缺大臣暫退，並慰他不必憂慮。到次日，各滿缺大員仍見清太后無甚動靜，反疑清太后也與清帝是一般主意的，急聯同二三親貴王公往見醇王妃，請他往太后處阻止裁撤旗糧一事。原來醇王妃就是清帝生身之母，與清太后是個姊妹行，故對於清太后，實以醇王妃最有勢力。當下醇王妃聽得，正不知清帝聽從康有為那一班人如何攪法，立即往見清太后，請他先要阻止裁撤旗丁口糧一事。清太后這時雖然歸政，究竟有權，今見清帝之母且不喜歡，更易責成清帝。那日便喚清帝的愛妃名喚珍妃的過來，責道：「你好去對皇上說知，若要跟康有為那一班兒走動時，盡要仔細仔細才好。」珍妃連忙叩頭，說一聲「不敢違令」，即回轉來，把清太后的言語對清帝說知。

清帝心中頗懼，自忖裁了寺卿巡撫之後，昨見太后也沒什麼說話，如何一旦有這般責成，難道是有什麼謠言弄出來不成？那日便即到軍機衙門，見了林旭，即諭道：「你們須致語康有為，辦事須仔細仔細，毋得操切，勿負朕心，以傷太后之意才好。」林旭聽了，覺清帝之言料有來歷，連忙叩首，即遵諭往尋康有為，具述清帝之語。康有為心中一跳，半晌無語，暗忖皇上委任自己，實無什麼大權，自己不過一時說謊，好騙同人壯膽辦事。今皇上此言，料是太后有些不喜歡，若不除了太后，斷不能行自己之意。想罷，覺事屬可危，但目下總要瞞住同黨的人才好，即答道：「此不過是皇上小心，你們不必憂懼。但你們在軍機裡見皇上較易於我，須隨時周旋便是。」林旭便怏怏而去。康有為自林旭去後，不知死活，要想個除去反對的大臣及除去太后的法子，因為見識不足，又不審時勢，自然要弄出事來。正是：

立志未能求審慎，到頭盡要惹災殃。

畢竟後事如何，且聽下回分解。

第十一回

革禮垣天子信讒言　亂宮闈妖人陳奏摺

話說康有為因恐自己行動或有阻礙，卻欲除去反對之人及太后才得心安，便密與門生梁啟超及親弟康廣仁商議，看有何妙策。梁啟超道：「同事的人雖有幾位，但多是本領平常，且膽子又不大壯。常言道，若要富，險中求，我們若要貴，該從險中求才做得，故除去反對之人是不可遲的。」廣仁道：「凡事須以漸而進，現在皇上雖有幾分信任我們，究竟是新進，且仍勢力不足。一來要引出多幾位同志，好幫同辦事。然後除去三五反對的，試試皇上心事，是否認真信任我們。他果若真信任的，就乘勢除去太后，有何不可？」當下康廣仁把迂腐之見說得天花亂墜，康、梁都以為然。康有為想了更想，說道：「若要除去太后，須設些法子，先離間太后及皇上才好。」康廣仁鼓掌笑道：「妙極，妙極，這一條計畫可使得，宜速行之。」梁啟超道：「此事實是冒險，我們宜自打算，倘有不測，就先自逃出便是。」康有為點頭稱是。

計算已定，便要設法引薦多人幫手。梁啟超道：「弟曾結識湖南有一位姓譚，喚做嗣同，字復生，他父親即是裁缺湖北巡撫譚繼洵。此人很有學問，凡事尤有見地，若得此人同事，不憂大事不成。」康有為道：「譚嗣同此人，我也聞得，但此人是主張革命的，與我們宗旨不同。且我們所以能籠絡人者，只說是可奏保他人出身，把官給他人做而已。唯此人是不能以官位籠絡的，哪裡能喚他來呢？」康廣仁道：「何不就稱我們志在革命，誘譚嗣同來京，然後再作計較。況且除了太后之後，看看情景，若真能把革命兩字做得來，這時節就拿個皇帝位來坐坐，卻亦不錯。」康有為答一聲「是」，即令康廣仁代揮了一封書，說稱自己要圖大事，專請譚嗣同到來這等說。廣仁正寫信時，梁啟超又道：「湖南還有一位姓唐名才常的，字佛塵，有樂毅之才，性情也與譚嗣同相近，他現時仍與譚嗣同同在上海，一併請他到來也好。」康有為道：「是極，是極，我怎地就忘卻此人呢？此人曾辦一間《湘學報》，議論驚人。他才學確是不可多得的，就一併請也罷。」說罷，康廣仁立刻又揮了書信，即由康、梁署名郵寄去了。

隨即計算，先要援引些京中人物，好就便幫手。這時康有為只因是一個進士，得清帝召見過一次，特別用他一班人來辦新政。所有京中在各衙門當差的，倒當他不知有何神術。那康有為又是個沒命要說謊的，鎮日只說自己得清帝如何器重，如何賞識。差不多說到言聽計從，不日就要做到拜相一樣。那些聽得的，多是不如其底細，就有些信以為真。不免來巴結康有為，冀他援引自己。這時就有一位姓王名照的，號小航，是一個主事，在禮部當差。只因他當差多年，沒有升擢，心早癢了。那日便要往謁康有為，要與他相識，又忖：這回與康有為相見，盡要投其所好才好。主意既定，即往南海館而來。是時康有為聽得有人來見自己，自然歡喜，即接進裡面，透過姓名之後，王照道：「國勢現在積弱，東西列強聲聲說要把中國來瓜分，若不是急行變法，哪有復強之日？故這回足下舉動，小弟嗎，實不勝佩服。」康有為見王照只稱足下，並不稱自己是老師，本有幾分不悅，只因用人之際，也不計較，即答道：「足下有此見地，真是相見恨晚。」王照道：「休要過獎。但足下這回變法，如有用弟之處，小弟直是水火不懼，願早晚聽教。」王照這時把一頂高帽子送給康有為，那康有為又加倍歡喜，便道：「足下如有此志，請先上一道條陳，顯顯足下學問，小弟自然從中助力，進身是不難的了。」王照大喜，便又說道：「先上條陳自然是好，但小弟在禮部當差，那禮部裡頭兩位尚書堂官，漢缺是許應騤，滿缺是懷塔布，是最不喜歡說變政的。縱上條陳，盡被他兩人阻擋，哪裡遞得到皇上看呢？」康有為聽了，厲聲答道：「王君，你瘋了嗎？那許應騤和懷塔布哪裡有七個頭八個膽，敢來阻撓足下的條陳？你不曾看日前的諭旨麼？道是自後不論大小官員，凡有條陳新政，所有各該衙門大臣必須代奏，不能阻壓這等語。他若不與足下代遞，顯然是違抗諭旨，這樣怕他兩人的頭顱還保不穩呢！」王照道：「是呀，非足下言及，小弟幾乎忘卻了！但欲上條陳，究怎麼樣立論才好？」康有為道：「廢科舉呢，興學堂呢，裁冗員呢，節糜費呢，開礦務呢，築鐵路呢，開議院呢，是必要說的。餘外最好皇上遊歷日本，開開眼界，這時我談新政的更易辦事。」王照聽了，以為得了奇遇，旋即辭去。

次日即繕就一張條陳，呈上懷、許兩尚書。原來凡司員呈請代奏之件，如不是封章，該部堂官本有閱看之權，看其合例否。恰可王照這道條陳並不是封章，懷塔布與許應騤便先閱了一遍，覺裡頭多有些不合。便對王照道：「你這本條陳實不能代遞，因裡頭也有許多違式的。且請皇上遊歷日本，好不駭人聞聽，還須再擬過也好。」便把這一句不合，那一句違式，指示一番。王照這時，一來當康有為有萬鈞勢力，二來又持日前所降的諭旨，便怒道：「兩位大人不見日前的諭旨麼？道是屬下一切司員有呈請代奏的折件，概不能阻擋這等說，難道你們要違抗諭旨，不與我來代奏麼？」許應騤此時猶自忍得過，唯懷塔布聽了，早氣得頂門火起，把他條陳擲在地上，才罵道：「虧你只是個六品主事，還敢在堂官跟前大肆咆哮，若是做到尚、侍地位，可不是要當人罵皇上麼？我便不與你代奏，奈我怎麼何？」說罷，悻悻退轉後面去。這時許應騤亦見不好意，即向王照說道：「你也不必生氣，只回去繕過也罷。你的條陳若是封章，我們盡不理會。今是沒有黏封的，我們例應看過。倘有不合格式的，皇上自然要責我們，因此不能不對足下說。足下便作我們阻擋你的條陳，可就錯疑了。」

當下王照一團怒火，更不理會許應騤說什麼話，連自己的條陳也不要，三步跑回下處，即尋康有為告道：「我把條陳遞上塔、許兩尚書，不想他把來擲在地下，不與我代奏，如何是好？」康有為一聽，怒道：「他恃是個尚書，就看你不在眼內。便是皇上看奏摺，縱不喜歡，亦不敢把來拋擲。他們直如此無禮，儘教他碰碰釘子。」說著，便往尋林旭及楊銳商議革去禮部堂官之計，楊銳道：「老兄不知他們當日情形，似不可造次。」康有為道：「王照兄是不慣說謊的，況許應騤、懷塔布兩人是阻撓新政的罪魁，不把他革了，哪裡能辦事？兩位盡可對皇上說說。」林旭道：「許應騤不打緊，只那懷塔布是前任文華殿大學士瑞麟的兒子，那瑞麟是當今太后的契父，看來那懷塔布與太后有個契兄妹的情分，恐怕移動他不易。」康有為道：「現今變法，全是太后阻力，若投鼠忌器，哪裡能辦得事來？」楊銳聽了這話，不知時運當衰，還是被妖魔迷惑，竟以康有為之言為是，便即商量計策，由楊銳乘便向清帝說知此事。又另由御史楊深秀先參了許應騤一本，道他什麼守舊拘迂，阻撓新政。

折到軍機裡頭，林旭立刻遞到清帝處，清帝也念許應騤是個老臣了，即下諭令應！明白回覆去後。忽那日清帝到軍機裡，楊銳即奏稱禮部堂官阻擋王照條陳，不與代奏，還把那條陳擲在地上這等說。清帝聽了大怒，立即令擬旨把禮部堂官革職。時康有為自對楊銳、林旭說知王照之事，即尋王照告道：「禮部幾個堂官不日要革職。」並把託楊銳奏知清帝，反稱系自己親見清帝奏參禮臣，以張自己面目。王照猶未深信，忽見一道諭旨，竟把禮部兩位尚書、四位左右侍郎統通革了，責他違抗諭旨，阻撓條陳，反稱王照敢抗堂官，膽識堪嘉，即由主事賞給一個四品卿銜，準其單銜奏事。王照好不歡喜，更信康有為是隨時可見清帝，又是言聽計從的，這會升官，當是康有為所賜，實不知系楊銳、林旭之力。果然懷塔布、許應騤已革，更有一位署禮部侍郎的曾廣漢，到衙不過數天，也連革了去。時各王大臣都知禮部六位堂官大是冤抑，但清帝當日如風頭火勢，哪裡敢替他說情；就是清太后已太不滿意，但懷塔布與自己是有瓜葛的，若因此事與清帝爭執，似乎為自己黨羽起見，只暫且隱忍不提。

那時康有為等好不揚揚得意，以為陟黜唯己所欲，此後還有誰人敢道一個不字。那一班人都因許應騤是曾經奏參康有為的，這回反革了他，更自忻慰，即在南海館置酒與康有為慶賀。單是翁相聽得，為王照一道條陳革了禮部六位大臣，心中見他們如此操切，料知不是個好結果。因自己是曾出名保薦他們的，將來須連累自己，即揮函勸諫康有為，凡事要謹慎些，不可太過與大臣結怨。奈康有為正在得勢，總置之不聞。翁相欲自行檢舉，又見清帝高興時候，哪裡敢做聲。亦恐出爾反爾，反被人議論，直是啞子食黃連，自己苦自己知而已。

且說康有為自見革了禮部堂官，仍見清太后沒什麼動靜，也見得奇異。即請林旭設法將李端芬補了禮部尚書，更加上些勢力，即在南海館裡商量除太后之事。到館時，早見一位廣西人名喚岑炳元的在座，也想起他是保國會的同人，又是當時雲貴總督太子少保岑玉成的兒子，由舉人賞給郎中的。康有為即與招呼，徐道：「近來我們會友倒算得志，只因事數紛紛，忘卻足下，不曾升擢，有愧有愧。待明天對皇上說，立刻放缺便是。」岑炳元聽了大喜，深謝康有為。詎知康有為並不是常能對清帝說話的。不過清帝最信林旭、楊銳兩人，那林、楊二人又最信康有為。故康有為有言必使林、楊兩人出頭，就當是自己對清帝說的。自從見過革禮臣，升王照，多有信康有為之言是真，故岑炳元哪有不歡喜？這時在座的，就是劉光第、楊深秀、梁啟超、康廣仁、王照之輩，連岑炳元共是七人。有為先道：「現在變政很有進步，只可惜太后屢次要梗阻，如何是好？」康廣仁道：「他若不理會便罷，若不然，要與我們為難，盡要把些利害給太后看。」康有為道：「此言甚是，不知計將安出？」廣仁道：「現在權在皇上，不如先奏一本，道太后有廢立之心，學呂后及武則天故事，今見皇上有我們作羽翼，就疑忌恐不能行其意，要推翻新政這等語，不怕皇上不信。」

各人聽了，都道：「好計，好計！」唯康有為一想，覺自己不能親對清帝說話，必要託林旭、楊銳兩人，恐林、楊不敢奏說這話，亦是枉然，便心生一計，先對諸人說道：「很是，我明天就對皇上說便是。」說著，大家散去。康有為即密擬一篇短短的奏摺，封固好了，即往尋林旭，說稱有密摺要呈上皇上，託林旭轉遞。林旭接著，見是封章，不敢拆看。又見康有為是同事的人，料他所說必與自己無礙，只循例問問折裡是陳說何事的，康有為也支吾答過了。林旭更不思疑，與康有為呈遞去了。正是：

同黨代他陳奏摺，兩宮從此起嫌疑。

要知後事如何，且聽下回分解。

第十二回

康長素挾仇謀國後　譚嗣同被騙入京師

話說康有為因恐清太后有礙自己，謀使清帝離去清太后，就繕寫一道封章，請林旭代遞。林旭竟不思疑，即行代奏上去。原來那折裡是真言太后有呂、武之志，懷廢立之心的。清帝一看，心中大憒，但目下雖政權在自己手上，畢竟太后的黨羽還多，自不好擅行亂動。又忖起向來辦事，太后也與自己商議，自從變政之後，太后總不過問，料然是不大喜歡。況太后向來用人，凡軍機大權俱委自己心腹，看來康有為之語當是不虛。且當時新任直隸總督、北洋大臣、統領兵權的正是榮祿，那榮祿又是太后的內侄子。那清帝又是年輕識淺的，看了康有為奏摺及想起清太后舉動，安得不疑？那日至軍機處，見了林旭，即諭道：「康有為昨日上的奏摺，朕已知道了，倘太后真有廢立之事，你們盡該設法，但目下萬勿妄動才好。」林旭一聽，方知康有為的摺子是說太后謀廢立的，不覺登時面色變了。暗想這會辦理新政，正防太后阻撓，如何康有為不懂事，偏攪出這段風潮出來？林旭此時真不知如何對答。因與康有為同事，自不能說康某是妄言，又不好說康某之言是實，半晌方對道：「此不過是傳言，恐未必是實。若果有此事，臣等當以死報。」清帝聽罷，轉回上書房，恰翁同龢當值，清帝又把康有為折語對翁同龢說知。翁同龢大驚道：「康某究聽誰人說得來？只怕是誤傳的。何故遽行入奏？」清帝道：「朕亦在半疑半信之間，但已諭林旭等叫他目下不必妄動了。」翁同龢無語而出。尋思康有為此舉，關係非輕，直是欲煽動宮闈，欲借清帝除去太后。但太后族黨眾多，根深蒂固，如何動搖得來？恐不至召禍不止，且要累自己。今康某正自得志，料勸阻不來，唯自悔當時孟浪薦他而已。

且說林旭聽了清帝之言，即往尋康有為，問道：「你昨天奏的是言太后要廢立麼？」康有為答一聲「是」。林旭道：「你究從那裡聽得來？現今懼太后梗阻新政，你反撥草尋蛇，撩起太后那邊，好不誤事！」康有為道：「我正要乘皇上信任我們時，除去太后，才得心安呢。」林旭道：「足下真瘋了！太后如此勢力，皇上猶懼他九分，哪裡除得來？怕太后除你們還易如反掌。」康有為道：「縱不能除他，使皇上疑忌，不聽太后之言，亦未嘗不妙。」林旭道：「現太后並無分毫干涉，若辦得好好，皇上又何苦聽他？你既與我同志，所言的又不對我實說，你休陷了我罷！」康有為道：「足下如此懼禍，安能幹事？我自有法兒，你不必慌罷。」林旭道：「我哪有懼禍？便是死也不怕。只事不該如此做去。」說罷，唯搖首嘆息。即回至軍機衙門，遇著楊銳，把上項事說了一遍，楊銳道：「康某如此，某料其必有異謀，我們盡要仔細防範才好。他事事由我兩人出頭，其中必不懷好意。」林旭道：「事已至此，亦無得可說，悔當初誤與他同事耳，今日斷不能反唇參他。大丈夫寧置生死於度外，勉力幹自己的事便是。」楊銳聽罷，亦然搖首嗟嘆。

只是時康有為亦見林旭言語頗有不滿自己之意，即與梁啟超、康廣仁商議，要實行除太后之策。梁啟超道：「日前連發兩函，請唐才常及譚嗣同來京，於今未到。若得此二人到來，可諸事無憂矣。」康廣仁道：「現在光景，第一怕翁同龢及林旭、楊銳三人先行檢舉，反參我們，自是萬無生理。但他們既同事在當初，料不為出爾反爾之事。今日唯有更擴充同黨的勢力，是最緊要的。」康有為道：「岑炳元這人頗有氣魄，不如設計引他，其餘就結聯袁世凱，得一枝兵力，更為安穩。但欲薦岑炳元，究用何人出名為好？」梁啟超道：「請劉光第、楊深秀等薦他何如？」康有為以為然，即請劉、楊二人，並尋林旭力薦岑炳元，以增勢力。林旭此時亦以騎虎難下，多一人也有一人之力，遂在清帝面前力保，竟以四品京堂補用，先任大理寺少卿，不久又轉升太常寺卿。那時依附康梁的，得林旭、楊銳之力，真是升官不難了。

岑炳元既得三品京堂實缺，自然感激康有為，便親往拜謝康有為，即與商量運動袁世凱之法。岑炳元道：「某與袁氏也有一面，就介紹足下等識他。至如何運動，當由足下等行之便是。」康有為大喜道：「向袁公下說詞，不勞老兄費心，小弟自有法子，但得足下為介紹，自萬無不妥。」岑炳元道：「只作介紹，有何難處！」便帶同康有為立往袁世凱處來拜會。那袁世凱與康有為本不相認識，這回見他有名刺來拜見，又想他是個辦理新政的人，講到新政兩字，那袁世凱又是曾經出過外洋的，自然贊成變法。故一見康有為到來拜見，便即接進裡面。分坐後，即說道：「中國幾千年來自王安石之後，沒有一個說過變法的，今足下所為，兄弟很喜歡，但不知將來究竟如何耳？」康有為說道：「終是太后從中阻撓，恐還沒有什麼效果。」袁世凱道：「變法以來，太后究沒有說話，哪裡便知他阻撓呢？」康有為道：「太后見革了懷塔布，已是不大滿意，故知他是必要阻撓的。」袁世凱聽了康有為之言頗來得奇怪，如何開口便咬到太后，其中必有個原故，便答道：「懷塔布幾人被革，據兄弟所聞，似有此冤抑，就是太后不喜歡，倒是意中之事。」康有為見袁世凱如此說，大不以為然，便道：「他們是違抗諭旨，阻擋條陳，革了他們還有什麼冤抑？大人此言差了。」袁世凱道：「既是沒有冤抑，便是太后真要阻撓，你們又怎麼辦法？」康有為道：「正為此事要與大人商酌。因為太后雖已歸政皇上，究竟大權仍在太后處，若他要阻擋，實是一個大患，故盡要設法對待太后是第一件要緊的。」袁世凱聽罷，知康有為另有意見，便不再說，順口答了兩聲「是是」，即舉茶送客。

康有為兩人去後，袁世凱猶是付之一笑，覺他們舉動都不必理他，不如袖手旁觀，看他們辦理罷了。唯是康有為心裡，見說到對待太后一語，袁世凱連答了兩聲是，就以為袁世凱應允幫手，不勝之喜。回寓後，與梁啟超、康廣仁兩人說得落花流水，以為有了袁軍一枝兵力，便沒有做不到的。只可惜譚嗣同及唐才常還未進京，究未便即行發作，只得又催兩函與譚、唐二人，更言袁世凱是個練兵大臣，統領新建陸軍六千人，有如此兵力，現已肯助我們行事，請勿疑忌，更不宜失此機會這等語。函去後，時譚嗣同及唐才常都在上海，連線康有為之信，尚半信半疑，因見他只是一個總理衙門章京，幹得什麼大事，因此狐疑不定。

原來譚嗣同及唐才常平日宗旨，是主張革命排滿，譚嗣同著有《仁學》一書，沒一句不是革命的，為見康、梁天天運動升官，自然不敢深信。及接得第二函，見說到有袁軍幫助這等語，暗忖變政何靠與兵力，今雲藉助袁軍，難道康、梁真與自己宗旨相同不成？便與唐才常商議去留之計。唐才常道：「去就不可不慎，機會亦不可多得，不如我兩人先以一人入京，先看情景，倘辦得來的，就回函來，兩人俱去。若見辦不來的，即行回滬，你道何如？」譚嗣同道：「兄言甚是。因據來函所說，是一個好機會，但康某為人，言過其實，恐靠不住。今若以一人先去，自是穩著。但兩人究以誰人先去為好？」唐才常道：「弟無所不可，任由尊意便是。」譚嗣同道：「冒險實行我不如兄，察事觀情，兄不如我，就請由小弟先行便是。」唐才常大喜，即準備行費。次日即打發譚嗣同起程，離了申江，航海至天津，取道入京而去。

那時康有為幾人在京裡，以為袁世凱應允幫手，就天天望譚、唐兩人到京好行舉事。定計先圍頤和園，拿住太后。如有風波，即由袁軍殺入京城，自沒有敢阻擋的。到這時再看情景，如大勢可圖，即登其大位。如不可為，就奉回光緒帝，有何不可？想到這裡，真是想入非非，差不多像窮人望大富，不禁想得手舞足蹈。那日幾人正在南海館談論，忽報譚嗣同到來，好不歡喜，即大家出門接進裡面。先問一回舟車之苦，譚嗣同又略問了變法的近情。好一會，康有為自然說到清帝如何歡喜自己，如何言聽計從，如何援引同黨，滔滔不絕。譚嗣同聽了，覺他所言未必是真，縱是真的，他只得清帝重用他，就如此得意，看與自己宗旨料是不同的。但已經到來，倒看他三五天再作計算。即先自復過唐才常，叫他不必入京，須待自己有信來請，方可起程。因此唐才常便不作進京之想。

且說譚嗣同因康有為說有袁軍相助一語，那日便問康有為道：「足下說有袁世凱相助，究竟是袁公起意來尋你們的，抑是你們起意才運動袁公的？乞請明言。」康有為想了想，覺自己若直言是自己運動袁公，他必然疑忌，便硬說道：「是袁公起意的。他來尋我們，然後與之說妥，借清君側之名，圍頤和園，拿住太后，便沒事不了。」譚嗣同道：「京畿有步統領衙門，尚有綠旗營兵萬餘人，恐袁公的六千人不易濟事。」康有為道：「足下哪裡說？袁公的是新練洋操軍隊，那些腐敗綠營便是十萬人，哪裡能抵擋得住？足下不必思疑。」譚嗣同道：「既是袁公允肯，他必有主意，但小弟這回進京，袁公可有知道沒有？」康有為道：「哪有不知！袁公早聞得足下大名，這回聽得足下到來，實大為忻喜，可見足下大名是遠近皆知的。」譚嗣同道：「不必過獎，小弟是不好人奉承的。唯袁公既如是不棄，就介紹小弟得與袁公一晤何如？」此時譚嗣同之意，實決與袁世凱肯助與否，欲自己一見袁世凱，看袁意何如，然後定奪。唯康有為實因袁、譚相見，因明知系自己運動袁世凱的，那袁世凱又並未知有個譚嗣同進京。不過自己一時說謊，是斷不能令袁、譚兩人相晤。即勉強答道：「如此甚好，但袁公之意是很要祕密的，待弟先晤袁公，告以足下欲與他相見，定個相會的時期，然後引足下進去便是。」譚嗣同聽得，亦覺此言有理，便由康有為再往見袁世凱。時康有為亦欲向袁氏訂實辦法，即行往謁袁氏。譚嗣同與有為起行時，密囑道：「俗語說，千慮不如一實，果若是足下運動袁公的，恐不大可靠。因袁公倚靠榮祿甚深，榮祿又是太后的內侄，倘袁氏有不測之心，大禍立見。若前時未有說過的，這回再不必對袁公說了。」康有為道：「哪有說謊？是小弟親與袁公商酌的。」譚嗣同無語。

康有為便去見了袁世凱，即實說：「太后真要阻撓新政，不除太后必不能變法，若除去太后盡靠兵力，請大人即率所部入京為後援。事關國家大計，請勿推辭，亦不可洩漏。」袁世凱一聽，心上早發了驚，誠不料康、梁書生之見，說得這般容易。但此事不宜當面推他，亦只含糊答應。康有為便出。以為袁世凱實實應允。實則在袁世凱面前並沒有提過譚嗣同三個字，返回寓後，竟對譚嗣同道：

「我也對袁公說，足下已來京了，但袁公連日皆有公事，要遲兩天方能相見。」譚嗣同此時不勝疑惑，見康有為如此說，亦只略答一聲「是」。但忖袁世凱身上料不願為此事的，因見康有為全沒準備，只靠一個袁世凱，究竟難行。一來袁氏必然熟審情形，方肯行事，他自念即拿得太后，那榮祿必然要殺他。若拿不得太后，那太后亦必要殺他。是袁氏沒一點好處，斷不如是之愚，應允相助。縱袁氏有意革命，盡可自行，何必依附康、梁呢？所以越想越覺可異。正是：

欲謀太后無奇策，空向同人撒假謊。

要知譚嗣同畢竟受其所愚否，且聽下回分解。

第十三回

託革命當面寫書函　賺舉兵瞞心稱密詔

話說譚嗣同因康有為不能引自己往見袁世凱，心中不免疑惑。因袁世凱縱有意自行革命，準可自為，何必依附康、梁兩書生！此事看來倒是凶多吉少。但自己初到京裡，也不曾出露頭角。無論如何，自己沒有同他幹事，將來禍福盡與自己無幹。想到此層，雖稍放下愁眉，但不遠千里到來，倒看他如何做作，然後出京不遲。偏這時康有為見譚嗣同種種盤詰，似不大為自己所用。且他料袁世凱的心事，其見識頗高自己一層。此人自不能使他出頭，免蓋在自己之上。想罷，又想譚嗣同如此仔細，自己不可放過他。將來自己有功，自然不能分功於彼。即有罪時，亦不能使他獨能脫身。因此凡與官場相會，都稱譚嗣同是幫手辦事的。那時節便引出許多人來，要與譚嗣同相見。因官場中向不曾見過康有為贊人的，今獨贊譚嗣同，正不知他有如何本領，哪個不來相見？唯譚嗣同雖應接不暇，究未嘗有點思疑。一來以那些人到來相見，都是康有為的同黨。殊料那些人只道康有為真能天天見清帝的，故來巴結，要謀升官，反當康有為許多羽翼。心中更疑道：「想康有為有許多人幫助，若能認真辦事，不怕辦不來，但康某舉動真覺奇怪。那日便問康有為道：「足下原有許多人助力的，但那些人究知足下的宗旨否呢？」康有為道：「有知的，有不知的，也有能盡情縱說，或不知自己宗旨，到時弄出了事，不啻縛住了他，還逃得哪裡去？」譚嗣同一聽，真覺不知所答，暗忖未觀其心，先聽其言。這樣立心，實是險極，便決意打算出京。

忽那一夜，康有為走來道：「弟在廣東授徒時，曾遣門生林、陳二人到澳門與孫文相會，約定各行方針，各圖革命。今弟宜先發信付日本交孫文處，約他預備軍火，另訂期暗運至天津上陸，好來接應我們。以袁軍在京中行事，又有孫某在津沽間同聲相應，必能牽制北洋各軍，不能調京，不憂大事不成。」譚嗣同道：「如此不如請姓孫的選三五能事之人，同到京中舉事較好，因他們曾經辦事的，較為熟手。」康有為也答聲「是」，便當譚嗣同前面立行揮信，並囑人付寄了。原來康有為之意，要寫書付往日本，不過恐將來失事或要逃至日本，究多一處藏身之地，更為他日交通，並不是實心請孫文同事。因自聽得譚嗣同說恐袁世凱靠不住，囑自己勿對袁氏說心腹話，故自己不免疑慮起來。奈自己已向姓袁的說過許多話，誠恐事敗，故先打通日本這一條路，又故意在譚嗣同前面寫信，以安譚嗣同之心。那譚嗣同又素知孫文是主張革命排滿的，見與他同謀，更坦然不疑，竟把出京之心又放下了。

今且說康有為一班兒，自從領旨改行新政諸事，要上條陳到孫家鼐處，自從裁了滇、鄂、粵三省與總督同城的巡撫，又裁了幾個寺卿，其餘都是條陳廢八股、興學、築路、辦礦等事，餘外總無什麼舉動。那日林旭來說道：「現在只裁了幾個冗員，餘外如路礦學堂等事，其效尚在日後，目下究沒什麼功效給朝廷看，不如先裁旗綠各營，省糜費以練兵，是為要著。」康有為道：「哪有不知！但我們舉動，凡是宗室人員，多不大喜歡。所以寺卿雖裁，唯像上駟、奉宸等院，實且冗閒之極。且如有宗人府裡頭什麼宗正、宗令許多閒員，都是要裁的，只為懼滿人反對，與我們為難，實大大不了，故不敢動他。若概將旗綠營統通裁了，怕旗滿人知道，還了得麼？」林旭道：「這又奇了，足下天天說要不避權貴，力主把禮部六位尚侍革了，今一旦又說要怕旗人，豈不是自相矛盾？」康有為見林旭衝撞自己，實滿心不悅，便勉強答道：「彼一時，此一時，從前沒有人反對，故須革三五大員給他們看，好知道利害，今也比不像從前了。」林旭見他如此說，更不欲與他辯論，只又說道：「既是如此，倒不如先設議院，足下以為何如？」康有為道：「這越發難了。太后是最怕漢人有權的，若設議院，便算有民權，怕他要硬出頭來阻止，卻又怎好？那時若不縮手，怕有性命交關。若收手時，又被天下人恥笑了。」林旭道：「據老兄說來，真是一事不能辦的了。」康有為道：「種種阻撓，那些頑固黨只恃一個太后作護符，若無太后，哪一人敢道一個不字。俗語說，擒賊須擒王，總須除了太后才使得。」林旭聽了，吐出舌頭，好半天縮不得進去，暗忖從前已知康有為懷了此意，今竟直說出來，想了想才道：「老兄欲除太后，究有什麼把握？」康有為道：「已預備妥了。」林旭再問如何預備，康有為便把運動袁世凱一事，細細對林旭說知。康有為道：「事須祕密，任是至親，都不可洩漏。」

林旭聽罷，再不多說，便即辭去，擬訪楊深秀，打探他曾否知康有為舉動。

恰可楊深秀正從都察院回來，相見間，楊深秀先說道：「今我們天天說變政，只不過裁了幾個冗員，餘外真正立憲的政體，一件也未舉行，實在令人恥笑。不知近日長素兄要做何辦法？」林旭道：「他只說欲行新政，宜先平滿漢，但怕損了滿人分毫權利，滿人必要鬧出風潮，所以不敢遽發。他又說，頑固的滿人，恃著太后要來阻撓我們呢！」楊深秀道：「是呀！自從革了禮部六堂官，那滿尚書懷塔布很不甘服，弟聞他天天在老佛爺跟前訴苦，併力言我們不懷好意，不過要削滿人權力，要做革命的。恐將來太后信他說話，如何是好？」林旭道：「不差。長素兄道，欲行新政，要去滿人權力；欲除滿人，就要……」說到這裡，往下又不敢說。楊深秀道：「欲除滿人權力，究要怎麼樣呢？」林旭這時被深秀苦問，不得不說，即道：「欲除滿人，就要先除太后。」這等說，楊深秀驚道：「可是長素親說得來的？」林旭道：「前兒他上密摺，是先離間帝后的，這會對弟實說出已預備此事，看來盡有些來歷。」楊深秀道：「這樣是沒事討事做，太后究不曾有什麼舉動，何苦除他？又不知他怎地預備，若除不來，這事還了得麼？不如我們先把此事出首罷。」林旭道：「這卻使不得。便是死了，斷不宜自相矛盾。待看他怎地做法，再作打算。」楊深秀道：「長素此舉，實不懷好意，因與我們同事，他做這些行險事，也不對我們說。且我在軍機裡頭，倘有什麼高低，哪裡走得動？」說罷，不勝惆悵。林旭道：「他既能對弟說出此事，待弟再往他處，問他幹事的日期。他不對人說，或對弟說也未可定。若知道他幹事日期，我們預先避開亦好。」楊深秀以為然。

林旭出門去，忽轉至錫拉衚衕，正遇譚嗣同迎面而來。林旭上前接著，問嗣同何往，譚嗣同道：「劉光第約弟前往，現在往訪他。」說了，更約林旭同往，齊至劉光第處。分坐後，劉光第先說道：「現這幾天，新政之機又阻窒了，因知老兄高才，特邀來請教。」譚嗣同笑道：「弟不明老兄等之意，若說變政二字，若不能實行立憲，就不變也罷了。你們想想，那一國立憲是君主肯把民權賞給國人的？況英國立憲，先去貴族之權。法國革命。先殺僧侶之勢，試問你們有什麼法子能除了滿漢不平的界限？任什麼變法，只不過把口舌來空說罷了！即如朝廷用你們變政，只能上幾張條陳，既派一個管政大臣管束你們，又要奏知朝廷，種種阻礙，究辦得什麼事呢？」這一席話，說得劉光第、林旭兩人啞口無言。譚嗣同只是冷笑。林旭道：「據老兄看來，怎樣才好？」譚嗣同道：「實在說，像你們這聰明才力，何苦天天討那頑固黨的臉面？縱是真能變法強盛起來，究竟是一個亡國之人，有何益處？小弟唯心所安，但斷不做異族奴隸的。」林旭道：「老兄近日有見長素沒有？」譚嗣同道：「天天也見他，他亦有所謀，想你們也知道了。」劉光第道：「所謀何事？弟等一概不知。」譚嗣同聽了，覺得奇異，暗忖康有為此舉，真是三五人就行這事不成？想罷便不再說，即興辭而去。

林旭也隨著出來，一路上林旭謂嗣同道：「老兄說康兄所謀，想是謀先除太后一事，老兄以為可行否？」譚嗣同道：「老兄何由得知？」林旭道：「是康兄親對弟說來的。」譚嗣同道：「除太后以行革命則可，除太后以圖變政則不可。」林旭道：「足下高見，但此事恐難以做來。」譚嗣同道：「革命之權在己，變政之權在人，若能實心做去，何必畏難？弟見足下少年英銳，故說腹心話。唯康兄言頗恍惚，前說是袁世凱運動他，後又說他運動袁世凱，弟十分思疑。唯昨天曾致函日本，欲與孫文合謀，若得袁軍行於內，孫黨應於外，似有可為。但當靜觀機會，休便對人說。」林旭道：「自聞高論，頓開茅塞，但康兄如此舉動，老兄觀之，能否有濟？」譚嗣同道：「此最難說。但康某非辦事之人，但機會似有可乘耳。」林旭點頭稱「是」。說罷，各自別去。自此林旭也拜服譚嗣同不已。

譚嗣同別了林旭，回到南海館，恰康有為自外回來，嗣同問他何往？康有為道：「適往訪袁公回來。」譚嗣同道：「袁公究有何說？」康有為道：「欲與他約個辦事之期耳。」譚嗣同道：「實在說，是足下運動袁公，抑袁公欲用足下？總要分清。若足下運動袁公的，此後實不可再提，免至弄巧反拙。果足下要行革命，就約同孫某多派員入京。足下等現為朝廷所用，未必惹人思疑，然後相機行事便是。」那時康有為因從前聽得譚嗣同之語，已滿肚思疑，此時真不知所答。譚嗣同知不是頭路，這時又復打算出京。到次日，康有為直進軍機處，見了林旭，勸他力對皇上說太后要廢清帝。林旭問是何意？康有為道：「前兒對足下說預備妥了，盡要這樣辦法，才得皇上力助，我們方易行事。」林旭此時因聽過譚嗣同言論之後，已贊成此意，便應與康有為代奏。

恰康有為去後，清帝適到軍機處，林旭便奏道：「臣本不敢奏，亦不得不奏。」清帝便問何事？林旭道：「皇上聖明，能力圖變法自強，臣等方誓死圖報，不想遂中太后之忌，要謀害皇上。臣既有知，昧死不得不說。」說罷，不知從何得這副急淚，竟流涕不止。清帝即為所動，深以為然，遂不懌退回宮裡，即發出一道手諭與林旭。那林旭一看，只得八個字，道是「善保朕躬，毋傷慈意」。林旭看了，即飛奔往見康有為，把清帝手諭給康有為看，康有為不勝歡喜，即索來一看，便說道：「既有此諭，請暫存弟處，好對袁公說立即行事。」說罷，又把與袁世凱同謀的事，對林旭說知。

林旭此時方知日前譚嗣同說康有為現有所謀的事，就是與袁世凱同謀的事，將那手諭存康有為處。自此，康有為也逢人說得有清帝密詔，要除太后這等說。即往袁世凱處，自稱得有皇上密旨，因太后要殺清帝，速宜保護，事不宜遲，就請舉兵。袁世凱聽了，大為疑惑，隨道：「密旨現在何處？某願一看。」康有為道：「是發給弟與林旭的，斷不能給人看。如足下不信，可到軍機處查問。」袁世凱略點頭，含糊答道：「待弟預備，到時再行通報。」康有為去後，袁世凱暗忖並不曾聽說太后要害皇上，今既有密詔，豈不甚奇？但此事艱難，自己若從康有為辦去，做得來便除去太后，那榮祿是太后侄子，必然殺自己。若做不來，那太后更殺自己，實沒一點好處，是斷不能做的。即隱忍不言，日後總難清白。想了，往尋榮祿說知此事。正是：

欲借軍權行狡計，為存身命洩奸謀。

要知後事如何，且聽下回分解。

第十四回

陷同黨隻身逃險地　救危機義士入京津

話說袁世凱聽了康有為之語，懼遭禍及，即往求見榮祿。原來榮祿與清太后本有姑侄情分，那時正由兵部尚書調任北洋大臣、直隸總督，兼協辦大學士。又因當時清東戰後，清國已為日本所大敗，故在北洋練了幾萬洋操陸軍，所以兵權又在榮祿之手。且正在掌執政權，勢焰薰天，那袁世凱安得不懼？因此叩見榮祿。那時已是入夜，榮祿聽得袁世凱有緊要機密來報，便不敢怠慢。即延至內裡，讓袁世凱坐下，即問有何要事？袁世凱道：「事關社稷大計，及兩宮安危，卑職本該早日來報，不過恐事有疑誤，故遲至今夜，望中堂恕罪。」榮祿道：「倘所報屬實，有何罪過？速請明說。」袁世凱道：「康有為託名變政，唯屢次請求卑職預備兵力，卑職正不知其意，及第二次他說是太后阻撓新政，謀不利於皇上，請卑職合力除去太后，方能保全皇上，及使新政有成這等說。那時卑職猶道他只能言及，未必能實行，卑職便不忍遽發其覆，致傷皇上勤求新政之心。及今天來說，竟稱奉有皇上密旨，著卑職領本部兵入圍頤和園，謀劫太后。卑職聽他所言，不覺手足慌張，不知所對。忖思卑職雖不為他所用，但康有為一班兒心懷狡詐，不知有另行唆使別營沒有？又不知有否勾通外人？他並說準明天行事，因此卑職恐有遲誤，故夤夜求見。現事情急了，還請中堂定奪。」當下榮祿聽得，好似頭上響了一個霹靂，膽子幾乎嚇破，半響才道：「此事可是你親聽他說來的？」袁世凱道：「正是卑職親聽他說來的。」榮祿不禁大怒道：「豎儒安敢如此！明天當面奏太后，看他逃哪裡去？」袁世凱道：「不知他還有唆使別營沒有？明天想趕不及了。」榮祿聽罷，點頭稱是，想了想，即把直督關防交袁世凱暫攝，並囑道：「倘有要事，祈代行一天，某當乘夜，單車入京，叩見太后，首告禍事。」袁世凱領諾，榮祿卻自攜了北洋大臣的關防，微服乘了單車，直進京城而來。

一來那些守城將並沒一個不認得是榮祿，且榮祿又攜帶緊急報告機密的憑證，因此並無阻擋。那輕車又行得快，便乘夜已到了頤和園。口稱有機密求見太后，那些守門官監認得是北洋大臣榮祿，要來報告機密，更不敢怠慢，即報知清太后。這時清太后已經解衣就寢，聽得榮祿由直督本任夜抵京門，奏告大事，定知有大大的原故，立即起來傳榮祿至裡面，問以何事？榮祿便把袁世凱之言說了一遍，只有加多，並無減少。清太后大怒，急令榮祿道：「康賊還不知另有別謀否？北洋重地，不能輕託他人，你快回任罷，這裡我自有主意。」榮祿謝過太后，即便出來，乘夜回署去了。

且說康有為那日自最後一次見過袁世凱之後，即回南海館，洋洋得意，只道袁世凱已為自己所用。恰可前一天已令梁啟超往了上海，因梁啟超是得個六品小銜頭，飭往上海辦譯書局的，故已令他起程去了。康有為心中猶自懊悔，以為若未遣去梁啟超，盡多一個幫手，今唯有高坐聽袁世凱訊息。恰至夜分，只見譚嗣同扶病到來，分坐後，譚嗣同先問他見了袁世凱有何話說？康有為以為舉事在即，不妨實說，便把袁世凱應允明天圍頤和園的事說知。譚嗣同一聽，面色已青一回，黑一回，罵道：「你好不知死活，你曾寫信往日本，怎地不候孫某回信，直如此妄動？我也曾對你說來，道此事若未對袁氏說的，此後且不可妄言。你卻事事瞞我。你試想，袁世凱因何要替你做這等事？你好沒想像，把天大禍事亂對政界人說來。你無才無學，這等愚昧，死不足惜，今番卻陷了我了，更陷同志了！」康有為聽了這一席說話，目瞪口呆，直說不得。這時譚嗣同適身子有恙，及聽了康有為言語，正是病中生怒火，更加大病起來。卻行坐不得，就躺在南海館床子裡。康有為是個沒頭腦的混帳東西，聽那譚嗣同說後，連自己也覺此事很險，便託稱有事，出門去了。直往李端芬衙門來歇宿，更不敢回南海館去。他意本欲告知各人躲避，又恐此事驚揚出來，實是不好。自念自己最密切的只有門生梁啟超及親弟康廣仁。此時梁啟超已往上海，欲尋廣仁，適又已往相公處鬧花酒去了，故單身往尋李端芬。時譚嗣同久知不是頭路，滿意出京，偏又染疾頭暈，不能步履，加以抑屈憂慮，更成咯血，因此臥病南海館中，只是憤恨康有為。奈有為先避到李端芬那裡，因康廣仁既往飲花酒，難以通知，因此對著人更不敢說出驚疑兩字，唯仍欲靜聽袁世凱訊息。

到次日不見動靜，早聽人說道：「聞榮祿昨夜乘單車入京，不知報告何事？聞說是報機密的。」這風聲別人聽了猶自可，康有為聽得，自然料袁世凱必洩露了事情了，急打一張電報往上海，報知梁啟超，著他逃走。正欲通康廣仁，忽又報稱要拿變政的，康有為到此時把親弟及同志的人就統通陷了，也不暇通報，即獨自走出京門去了。原來榮祿報告了清太后之後，次早清太后即傳光緒帝責道：「你親政沒多時，做得好事，要來殺我。」光緒帝驚得手足無措，自稱並無此事。清太后道：「你把密旨給康有為，要謀圍頤和園劫我，你還說不知？」光緒帝道：「哪有此事？不知太后從哪裡聽得來？」當下清太后不便說是榮祿報告的。只說：「多人說得來，你若沒有密旨給他，你肯拿康有為不肯？」光緒帝道：「他若有罪，哪有不肯？」清太后道：「他謀圍頤和園，力請袁世凱舉兵，若不是袁世凱首告，我喪在他手了。」光緒帝這時才知道是袁世凱說將來的，便道：「既有此事，定當急切拿他。」說罷，清太后怒猶未息。急密令步軍統領衙門先捉拿康有為、梁啟超、楊銳、林旭、楊深秀等。更電令即停火車，並閉城門搜拿。步軍統領衙門得令，即起兵分頭拿捕。先往圍南海館，早拿住了譚嗣同、康廣仁及楊深秀、劉光第。繼又分頭拿著林旭、楊銳到來。單不見了康有為、梁啟超、王照、宋伯魯諸人。清太后大怒，疑是清帝先通訊息，別責問清帝，清帝道：「我並未知有袁世凱首告之事，從哪裡通訊息於他？他胡說承朕密詔。還陷了朕躬，朕若見他，當生吃他肉，哪肯把訊息報他呢？」清帝說罷，大怒，立揮了一道諭旨，要拿康有為的，那諭旨道：

前因工部主事康有為好談時事，特令在總理各國事務衙門章京行走，並其徒舉人梁啟超賞給六品銜，辦理上海譯書局事務。乃忘恩負國，首倡邪說，誣世惑民。更包藏禍心，圖謀不軌。日前竟欲謀圍頤和園，謀劫太后及朕躬等事。似此罪大惡極，實神人所共憤，斷不能稍事姑容。現康有為、梁啟超在逃，著各省督撫飭關卡嚴密查拿，就地正法，毋任漏網，以肅綱紀而正人心。

這道諭旨一出，京裡凡與康、梁一面的，無不驚惶。時戶部侍郎張蔭桓本與康有為有書信來往，那時自然慮到株連自己，還虧他侄子機警，早把他與康有為來往的書信統通焚燒去了。只有翁同龢、李端芬、徐致靖是專函奏保康有為的，都因濫保匪人，先行革職。徐致靖更聽候查辦。更一面構辦王照、宋伯魯等，整整京城鬧了一日一夜，方開城門。那時直隸總督榮祿更搜辦得緊，那些屬下文武官員更不敢怠慢，幾於沿街挨戶查搜，弄得風聲鶴唳。唯康有為自走出了京城，回忖道：「若早聽譚嗣同之言，當不至有今日，因此且行且慌，且慌且悔。慢說康有為自己悔恨。且說康有為自當嗣同面前通訊孫文之後，孫文接了他的函，這時不免以他為真有意革命，但天天看日本報紙，見康某如此行動，就料他必要取禍。因當時北京裡頭官員沒一個是開通的，聞得新政兩字，早已反對，況康有為又如此操切，那有不取禍的道理？繼想他既認自己是同志氣的，若因此取禍，損了性命，不免可惜。

想到這裡，自然要設法救他，就喚了一位同志的日本人來，打發他入京，好為康某救應。你道孫某打發入京的是誰人？原來那人喚做宮崎寅藏，是日本的一個俠士。他向來本有些家當，只因性情豪俠，若有親朋戚友向他借貸，沒有不應手的。他平日宗旨，最好開通社會，故他雖是一個上流之人，凡有什麼新聞，就印成傳單沿街走派，故凡在日本的人，沒有一個不識他的。還有一宗奇性，最望我中國復興，他嘗說道：「中國土地許多，人民許眾，原沒有不興的。唯那些滿人盤踞中國，無知無識，只知道壓制人民，若談實行革命，哪裡使得？」所以他懷了這個宗旨，就結識了孫文。那孫文又素知他性情豪直，志氣高尚，在日本上中下社會都能交結，又精劍術，有中國戰國時俠士之風，故孫文更敬重他。這會喚他到來，與商議預備救出康某之事，宮崎寅藏道：「那康某正拿變法兩個字，與北京官場趁得打火般熱，你救他則甚？」孫文道：「老兄有所不知，他雖然現入官場，但他向來曾與我們相通，這回又有信來約我行事，只是弟見他如此行動，恐致取禍，就可惜了。」宮崎寅藏道：「原來如此。先生所使，弟斷不敢辭，但如何救法，亦須打算。」孫文道：「你先到京津尋地方歇下了，即把住址告知他。弟素知足下與貴國領事相識，倘有緊急，即帶他到領事署暫避，然後見機行事，引他出關便是。」宮崎聽了，一一允諾。孫文便替他打算定了費用，宮崎即束裝起程，離了日本，直望天津而來。

到時託稱是個遊歷員，直到日領事署住下。那領事官又是宮崎平日相得的，自然款接。當下宮崎甫卸下行李，即依孫文吩咐，先把住址函北京南海館，說明倘有緊急，即來領事署相見，又說明是得孫某君之意而來。康有為接得了訊息，先記在心裡，恰先時禍未發作，康某先已出京到日領事館會過宮崎。那宮崎把孫文恐他取禍的見地先告訴了他。時康某心上正捋上捋下，聽得宮崎言語，呆了半響，心裡已服孫文先見，唯口裡仍硬說道：「料弟身上必無他故，但得老兄如此義氣，小弟倘有不妥，定來相投。」說了便去。恰那日禍事發作，並不通報同志各人，先自走了出京。覺這回已閉京門，更停火車，欲搭船回上海，是斷不能的，欲投宮崎，又憶起從前自己說過，道自己身上必無他故，今番若投他，怎好相見？想了又覺這一條生命是很緊要的，若不投他，還走哪裡去？便直走日領事署來尋著宮崎。這時宮崎聽得清廷閉城停車，要捉拿首犯康有為，風聲已十分緊要，今忽然見康某逃出來，反覺心安，就先將康有為收留了。繼忖捉拿康某如此緊急，雖然收留了，究難救他出關。若出門去被人拿著了，不特千山萬水到來救他，固已前功盡廢，反連自己也有些不便。左思右想，計不如告知領事官，商量個善法。便即進見日領事，說道：「現清國康有為是弟舊交，今他逃難投到弟處，弟見他所犯不是私罪，又念昔日之情，自當以義救他，總望老兄賜教一個善法。」日領事聽得他收留了康某在自己署內，早大驚起來。正是：

為愛朋友須救死，聞留欽犯已膽驚。

要知康有為如何逃出，且聽下回分解。

第十五回

釀黨獄陷入羅死罪　赴筵會懼友洩真情

話說康有為得宮崎寅藏帶至日本領事署收藏，並請日領為之設法救護，日領事聽得自然驚謊。因康有為雖可稱為國事犯，唯清廷搜尋既急，自己若收留他，轉礙兩國交情。但此時亦沒得可說，因宮崎已帶了他來，又一力牽撮自己，自不能推託。日領事便答道：「足下之言雖是，但弟為領事，於此等事本不應干涉。若助他出去時，被人拿著，這時反弄出交涉來了。不知足下之意，有何妙法救出他？」宮崎道：「在天津耳目頗眾，若直行帶康氏逃出，斷乎不可。不如用一木箱把康有為藏在那裡，作為貨物渡他落船便了。幸明天即有中國兵輪由津起行，取道煙台，遄回日本。就救他到這兵輪上，往中國去罷了。」日領事此時自忖若不應允，那宮崎寅藏必不肯幹休，沒奈何只得允了。就依法令康有為伏在箱裡，先在箱底通孔出氣，然後打成裝貨一樣。康有為此時以性命要緊，自不敢不從，即在日署中依法送至日本兵輪。一來那箱是由領事署扛出的，自沒人跟問。二來是白晝間明明白白送出，人亦不思疑，因此救得康有為出了天津。宮崎寅藏也忖搭該輪同往，一程到了煙台。

宮崎請康有為登岸遊覽，那康有為哪裡敢登岸？只是宮崎所請，若然不去，又恐被人笑自己沒膽子，因此也勉強登岸一行。唯這時康有為一案，京內外也傳遍了，就是煙台人士，哪個不知道？也拿作一般談柄。恰可那日本兵輪裡頭的船伴，亦有登岸的，見人說起康有為名字，不免答聲道：「可笑京城裡還亂查亂搜，不知姓康的已逃出多時了。」說著，那些聽得的，自然問及從哪裡逃的？船伴不免說將出來，一傳十，十傳百，這點訊息就飛到官場裡面，定然想要拿捉他了。一來購拿康有為的已出了花紅，二來朝家既要捉他，若拿住時不患沒升賞。正是升官發財的好路，哪裡肯放過？正議發人往日輪搜捕，忽聽得那日輪已開行了。官場恐遲更不及，恰可有一號魚雷喚做飛鷹的泊在煙台，就立刻令燃煤起碇，趕速開行追趕。論起飛鷹那號魚雷，本行得二十海里，較那日輪行駛較速。唯那日輪開行已久，枉費一場工夫，追趕不上。那康有為就得宮崎寅藏九牛永珍之力，救往日本去，這且按下慢表。

且說京中自鬧出這一件大案，凡被康有為拖累的也不知凡幾。林旭、楊深秀、楊銳、劉光第已同時被捉。最無辜的是譚嗣同，被康、梁賺到京城，經屢次諫阻康有為不宜如此，奈康有為自作聰明，既已不從，又瞞住譚嗣同，致他被禍。那譚嗣同幾次本欲出京城，到末一次欲起行，偏又遇病。到被捉之時，又在南海館，是康有為的巢穴，更沒得分辯。至於康廣仁本是康有為胞弟，有為本欲告他同走，只康廣仁天天流連在相公那裡，正不知死活。及聽得事變，就匿在向來狎暱的相公處，不敢逃出。唯那相公已見風聲日緊，若把廣仁搜著出來，實於自己不便，如何敢收藏他？自然要下逐客之令。康廣仁初亦苦苦求情，且跪且哭，哀求不已。那相公道：「念在相交，由得你快些逃去罷了，休牽累了我。你若不去時，我便出首，你休要怪我。」康廣仁沒奈何，即逃了出來，面色七青八黑，更帶上十分驚惶之象，已見得形跡可疑，即被人拘住了。廣仁早失了魂魄。當下一併解到刑部裡來，只見林旭等俱在，已是面面相覷，互相埋怨。林旭先道：「我們全被康賊陷了。」楊銳道：「那腐儒無知，所有舉動瞞著同人，事發時又先自走了，並不通告我們。我們便是死了，也作厲鬼來索他償命。」廣仁道：

「我是他親弟，還不及告我，這不過是大家不幸罷了，還埋怨誰來？」劉光第、楊深秀齊向廣仁罵道：「你天天在相公處快活死了，康有為那廝哪裡能尋你來告知？你們兄弟暗裡勾當，眼見是陷了我們，還有得說麼？」當時你一言，我一語，都向康廣仁咒罵。

唯譚嗣同不發一言，仰天大笑。林旭等問道：「先生究笑什麼呢？」譚嗣同道：「我笑公等耳。」林旭道：「先生此言究是何解？」嗣同道：「像足下少年英銳，若要做官，盡多日子，怎地要依附康有為？你們試想，與康有為處了多時，盡識得他。他沒學問，沒心肝，初時即不知道，後來又不見機，自怪不得有今日了。若小弟向未與姓康的謀面，他函致小弟，說稱合力來做光復工夫，故小弟著他道兒。後來小弟欲自出京，偏又遇病，以致於此。至於足下等正是自取，就不必多說了。」這幾句話說得林旭幾人啞口無言。少時刑部獄官把他幾人押在一處，正待一併捉了康有為，然後斬決。誰想搜來搜去，總沒有康有為的影兒。那王照、宋伯魯一班兒也先後逃去了。梁啟超亦由上海逃往日本。朝家見拿康、梁二人不著，好不大怒，正要把林旭幾人嚴訊，看康、梁逃往哪處，忽榮祿遞了一道封奏，說稱為惡的只康、梁幾人，若過事推求，恐株連太多，請除了康、梁及被拿幾人之外，都不必查究等語。因當時京官初見康有為張大其詞，天天說面見清帝，只道他勢力很大，故許多人都曾與康有為周旋的。後見有為事敗，反人心惶惶，恐株連自己，及見榮祿此奏，頗自心安。

唯是御史中有嫉視康、梁的，到這時又紛紛參劾，說稱某人與康有為至交，某人與康有為來往，不一其說。單是尚書銜戶部左侍郎張蔭桓，因與康有為同省同縣，平日又來往多的，所以參劾張蔭桓更為緊要，還說康有為每夜必到蔭桓處密謀，並自攜臥具到蔭桓處寄宿，明目張膽，人人皆知。這奏既入，朝家就派大臣查辦，更令搜張蔭桓住宅，看有無與康有為來往的蹤跡。那時張蔭桓正自憂心，還虧蔭桓的侄子名喚張乃誠的，為人機警。一聞康有為事敗，即把蔭桓平日與康有為來往的書函統通焚化了，沒些形跡。且張蔭桓在當時又算是外交能手，用人之際，不免有些大員要開脫他。蔭桓又是最喜巴結的人，朝大臣知交不少。

故搜圍張宅之後，就稱委無憑據，或者傳聞失實。更替蔭桓說開幾句，道他向來自愛，必無濫交匪人的道理。那蔭桓又費一番打點，才把那萬丈風濤寢息沒事，因此朝家再不追究。唯查過蔭桓之後，細查保舉康有為的為首是翁同龢，想起翁同龢父為宰相，子為總督，子孫又許多及第翰林。可謂世受國恩，乃濫保匪徒，本應從重懲辦。但念他服官數十年，沒什麼失職，只把來革了就已了事。至若禮部尚書李端芬，既保匪徒康、梁，又把侄女嫁與梁啟超為妻，定然一併革職。若學士徐致靖，與康有為周旋更密，也將他監禁了。有位文廷式，亦是康有為唱和之人，他本榜眼及第，教習珍、瑾二妃，清帝本甚愛他，到此時亦不得不革。單是岑炳元，已由太常卿放了廣東布政。論起這個原故，因當時已裁撤了廣東巡撫，粵督譚鐘麟又屢次被人參劾，康有為一班人便播弄起來，要放姓岑的做了粵藩，望革了譚鐘麟，好反把姓岑的驟然升署粵督，然後自己一班人更得羽翼，故岑炳元遂得放此缺。那時本一併要治他之罪，唯有些京官說稱岑炳元之父岑毓英是個功臣，岑炳元也是個勛裔，姑念前功，免其置議。又以此次黨人實粵人為首，恐岑炳元在粵又與他們交通，豈不誤事，因此把岑炳元調往甘肅去了。這是後話不提。

且說朝家自拿了林旭等六人與先後革了各官，除詔令各省緝拿康有為、梁啟超、王照、宋伯魯等之外，即須將林旭等六人訊明辦理。奈京城連日風聲鶴唳，各大臣亦恐再釀他變，其餘曾與康、梁一面的也慮連及自己，即紛紛奏道：「已拿之林旭、楊銳、楊深秀、劉光第、譚嗣同、康廣仁等六名，已情真罪確，自無冤枉。若仍事審訊，恐亂次供扳，反事株連，請即行正法。」光緒帝此時極恨康、梁離間兩宮，陷害自己，即諭令不必再訊，立由刑部部官押那六人到菜市口，一刀一個就處決去了。可憐林旭、楊銳、楊深秀、劉光第一時無知，聽從無學識、無心肝的康、梁亂作亂動，反被康有為陷了。那譚嗣同更由康有為賺了進京，白地斷送了性命，實為可惜。至於異族專制朝家，殺漢人如同草芥，並未訊明情由，即加刑戮，亦可憤矣。時人有詩讚道：

欲扶異族殘同種，標榜虛名噪一時。

頭角未成鋒已露，皮毛初竊策非宜。
君庸豈配談新政，黨禍何堪讀舊碑？
人自啣冤他自樂，逍遙海外富家兒。

自此京中人心漸漸定了，唯是清太后的心裡還自餘憤未息，一連下了幾道諭旨，都拿康有為不著，便遷怒清帝。想起前者因清帝年紀已長，清太后才把政權歸還他。不想清帝是個少不更事的，以數年前被日本打敗，賠了鉅款，割了地方。以為日本因變法乃有今日強盛，那康有為窺出清帝此意可以愚弄的，就發出變法的夢話來。清帝竟中他計，險些被他圍住頤和園，送了母子性命。清太后想到這裡，覺若仍任清帝掌執政權，怕又鬧出別的事，便立出諭旨，要再行聽政。把清帝遷在瀛台裡頭，不準再理政事。隨撤了管理新政大臣的名目，把日前所行的什麼裁巡撫、撤寺卿、廢科舉的所謂新政，一概取消了，即派回廣東、湖北、雲南三省巡撫。又想從前由康有為等所參被革的，準要開復。第一是有位御史文悌，曾參過康有為被降的，也開復了，升做給事中。正要令軍機擬旨，只見前任禮部尚書懷塔布進來，也觸起禮部幾位堂官，前者革了不免可惜，但當時各部官缺已定，禮部滿缺尚書又不能無故更換，即以懷塔布暫任都察院左都御史，把許應騤升任閩浙總督，餘外幾位禮部侍郎也一併用回。又因袁世凱首告，即傳旨嘉獎，後來做了山東巡撫，京裡就沒事可表，只詔拿在逃的康、梁而已。

閒話不表。再說康有為自騙了幾位同黨陷於死罪，單自逃走出來，得日人宮崎寅藏救往日本，雖然好友親弟被殺，本莫大之仇，唯自己今已安樂，倒不掛慮。只當時日本人士及旅日的華僑，卻不大知道當日變政的真情。只道康有為有什麼本領，更道他有什麼冤抑，自不免憐惜他，備舍招待。不久梁啟超亦到，也同一塊兒居住。至於康有為平日的生徒，亦聽得康有為已到日本，不知有什麼機會，也紛紛東渡。如門生林魁、麥孟莘、徐勤及門婿麥仲華等，也先後到了。先生前先生後的慰問了一會。更向旅日華商運動，好優待他們的康先生。果然互相標榜，那康有為到日本的事，早傳到日本官場裡面，又得宮崎寅藏吹噓，自沒有不知的。自然有些願見見康有為，好問問情由，看他在京時究是什麼做作。

就中一位日本大員喚做犬養毅，是日本進步黨的首領，曾任過文部丞相，卻是一個有名的政黨人物。那犬養毅為人，本最好結交中國人士，且又最贊成中國改革的，故聽得康有為到了，不免要見他，那日就具柬邀請康有為到他府裡用膳。那康有為聽得犬養氏請他，好不歡喜。即與梁啟超等商量前往，好預備到時對答。梁啟超道：「料犬養相見時，必問起謀圍頤和園的事是真是假，但此事似不可自認，只言是西太后誣捏的便是。」康有為道：「這卻不妨。因皇上是有密詔給我們的，就說明太后要謀殺皇上，因此皇上給衣帶詔與我們，著救他性命便是。」梁啟超道：「若他索衣帶詔看時，卻又怎好？」康有為道：「我只說逃難時中途失了，有何不可？」梁啟超點頭稱是。正議定間，忽報王照已逃來了，康有為大驚道：「王照在京最知我們真情的，他到來如何是好？」說罷，面色變了。正是：

欲把謊言欺外國，又逢同志到東洋。

要知後事如何，且聽下回分解。

第十六回

戲雛姬失禮相臣家　索密詔逐出東洋境

話說進步黨首領、前任文部丞相犬養毅，欲請康有為赴宴。康有為聽得，正預備對答言語，忽聞王照來了，心上嚇得一跳。因王照是與自己同事，今番陷了他，他必然記恨自己，正要謀個掩飾，怕被他把內事和盤托出，如何是好？梁啟超道：「任是王照到來，哪便畏他？今我黨人到日漸多，彼以亡命相投，若為我用猶自可，若不然節制在我，何必多懼？」康有為以為然，即令梁啟超招接王照，勸令王照休便外出，託稱耳目眾多，於彼不便。那王照本不明外國保護國事犯的例，只道自己是有罪的人，不敢見客，任由康、梁安置。自己在密室裡，凡有賓客到來，都令他迴避，朋友來往書信及所發家書，俱要康、梁過目，然後發付。王照到這時，才知康、梁之意，系恐自己洩漏真情，要如此防範。王照到了日本後，康、梁皆輪班使人監視，真與囚徒無異。王照心中大憤，但自己到來仍靠他們，自不好發作，唯有隱忍而已。

且說康有為既得犬養毅請膳，次日便往。那犬養向未與康有為謀面，猶當康有為是個政治家，不免起恭起敬。當下接進裡面，犬養先說道：「貴國此舉，若能真個變政，想不難自強，可惜閣下一場心力，就付之流水。」這些話，本是朋友見面時應酬的話，那康有為聽得，就以為犬養讚頌自己，也喜得手舞足蹈。即答道：「足下究竟明見。不是小弟誇口，若多行幾月，實不難百廢具舉的了。」犬養聽了，覺此人如此誇張，但三月以來，不過裁了幾個冗員，說得什麼新政？想此人是好虛言難實踐的一輩子，便又說道：「足下既有這個機會，本該實在行個立憲政體也好。」康有為道：「正要下手，偏被太后阻撓，卻動不得。」犬養道：「奇了！貴國皇帝已自親政，早有大權在手，故能起用足下，那太后哪裡能阻撓得來？」康有為道：「足下遠隔東洋，畢竟不知得清楚。因敝國皇帝雖然親政，只大權究在太后手上，皇帝一舉一動，實不能自如的。」犬養道：「貴國皇帝究有點錯處，因既靠足下變法，本該重用足下，給個大大官兒，那些頑固黨才得畏服。今僅做了章京差使，朝中大老盡輕視足下。若足下真正有權，自然不致就生出事來了。」那康有為聽了，滿心不悅。因自己正要把章京說得像丞相一般大，今犬養先說自己官小，不足鎮壓，自然不喜歡。奈這些話又是實情，實無可辯，便點頭略答一聲是。

犬養又道：「好端端說變政，怎地又謀圍起頤和園來呢？」康有為道：「足下還不知麼？」犬養道：「弟何由得知？正唯不知，因此請教。」康有為道：「那沒心肝的太后，不特阻撓新政，還要謀殺皇上呢！」犬養道：「然則足下因太后謀殺皇上，故先發制人，就要圍頤和園，先謀殺太后嗎？」康有為道：「哪裡說？因為敝國皇帝有衣帶密詔給小弟，著小弟同人救護他，小弟自想，若不除了太后，哪裡救得皇帝？實則小弟雖有此想，並未圍過頤和園，不過太后逼令敝國皇帝出此等諭旨也罷了。」犬養道：「貴國太后要殺皇上，皇上著足下救他，究有什麼憑據？」康有為道：「小弟也曾說了，是有衣帶密詔給小弟的，難道足下還聽不著不成？」犬養道：「今足下到來敝國，意欲何為？」康有為道：「敝國與貴國是同洲同文同種，本是唇齒相依，恤鄰救患，亦義不容辭。總望貴國起兵救護敝國皇帝，就感激的了。」犬養聽了，覺此等言語實不易輕說的，今康有為竟說了出來，實不知所對，半晌乃道：「這話想不易遽說。但足下說變法，究竟是變學西法否呢？」康有為答聲「是」。犬養道：「足下有讀過西書沒有？」康有為聽到這裡，也滿面通紅，覺犬養此言，直以自己未讀西書，便不知西法了，即答道：「小弟於西書本未曾讀過，但西譯本卻看過來，即如足下未讀過敝國書籍，唯敝國政體，料亦知道了。」犬養笑道：「足下不必生氣。弟雖知道貴國政體，但使弟學行貴國政法，縱學得皮毛，必不能做到精意，就是敝國改革時，那些革政人員，也是遊歐學生畢業回來的。」康有為這時也沒得答，又唯有說了兩聲「是是」。犬養又道：「足下今欲敝國起兵救護貴國皇帝，須有證據，才敢信貴國太后有謀殺貴國皇帝之事。」康有為道：「我也說了兩次，是有衣帶密詔了。」

犬養道：「那張衣帶詔今在哪裡，可給小弟一看否？」康有為覺那張密詔不過給林旭的，說是「善保朕躬，毋傷慈意」這八個字，是斷不能給人看讀，便改說道：「那張密詔，是弟在京逃難時在中途遺失去了。」犬養道：「足下此言，恐未足取信，因那密詔是何等對象，沒有不仔細收藏的。一來有那密詔可以表示於人，二來更得各國體諒，今若沒了那道密詔，怕人責足下是說謊，恐足下亦難自解。」康有為道：「怎麼說？是明明有密詔在中途失卻的，弟到煙台時，登岸採買石子，還放在衣袋裡的，不知怎的就失去了，並無分毫說謊。」犬養道：「更奇了！足下到煙台，既然尚採買石子，是何等優遊，那密詔更不應失去。且這件是緊要之物，該藏在貼身，除非失了足下，那密詔才失得去，不然哪便失了？」康有為此時唯啞口無言，犬養亦覺不好意思，急說些別的話，並又說道：「方才說的不過彼此談論，倘衝撞，請勿見怪。」康有為對答過了，隨即入席。飲了一會，康有為有了酒意，偏又生出一件奇事。因日本人宴客多用雛女伺候，那些雛女與中國女子裝束不同，因我們中國的未婚閨女及雛婢，俱縫帛束胸，雖於衛生有礙，卻以此為身體遮羞。日本女子卻是不然，只是長衣闊袖，若在夏天時候，差不多連身體也看見了。當下犬養與康有為同席，也有幾個雛女在筵前陪候。酒至半酣，犬養適有事告離席去了。

康有為乘著酒意，回首見幾個雛女立在身後，很有姿色，不覺色心發作起來，禁按不住，就舉手戲弄那幾個女童。那一班雛女心中本已憤甚，但他是主人特請的佳客，盡要留些體面給他，故不免隱忍。康有為見他犯而不較，且沒半點怒容，反以那些雛女有意愛自己，自忖道：「昔聞人說日本女子是不大愛名節的，今這樣，是的確無疑了；抑難道自己是有名聲的人，所以那些女子也心愛自己。」想到這裡，也喜得不亦樂乎，那色膽更大起來，動手動足，不提防犬養氏已回席來，康有為仍不自覺。及至犬養回座才省起來，自然面紅耳熱，見犬養也有些怒色，自己欲向犬養說兩句好話，只不知從何說起。又見那幾個女子嘰哩咕嚕向犬養說話，想入席後從未見那些女子說話的，今一旦向犬養陳說，料然是把自己狂蕩戲弄他們的事對犬養說知了，這時更%踧不安。好一會子，只聽犬養說道：「這班女子來伺候飲酒，與貴國的侍酒妓女卻自不同，休錯認了。」康有為好不失羞，連忙打拱，又說了幾聲「是是」。犬養亦無心再陪，隨即散席。

次日，凡日員中有知道犬養昨夜款待康有為的，問及康有為是如何人物？犬養道：「那姓康的實有三件本領。」人問哪三件？犬養道：「第一是酒，第二是色，第三是說謊，其餘我卻不知道。」自此日本中也鄙康有為，卻絕少與他往來。且說康有為那夜離了犬養府上，回至寓裡，先把被犬養詰問及戲弄女童失禮的事，隱過不提。只說稱犬養如何優待，如何仰慕便了。隨見了王照，即說道：「你們也不宜常常出進，因昨夜犬養君對弟說道，日本恐收留我同黨的，被清國怪責，故只好招待小弟與梁啟超，餘外都不必令他到日本等語，因此上足下等實不宜外出了。」王照聽得，明知康有為之言是假，但初到日本，正靠康、梁，不好駁他。那康有為自此凡有說謊，講到日本的事，只說犬養說的，直把犬養二字作口頭禪一般了。但日本大員雖沒與康有為來往，唯有些日本人不知康有為真相的，欲知北京變政的情形，亦不免往訪康有為，好問問當日情事。那康有為說得天花亂墜，說到太后，又說得更甚於呂氏及武則天。

那日有位日人名平川的到探，問起總署章京是什麼官缺？康有為即道：「你們如何不知？那軍機章京只是小差使，若總理衙門章京，卻是大大的官階呢！」平川道：「同是章京，因何你做的章京獨自尊崇的麼？」康有為道：「你又來了！那總署章京是新設的，即是小拜相一樣，也像漢末的太守、唐末的節度一般權勢。」平川道：「我聞中國古來的太守、節度是個外官，卻比不得。」康有為道：「你又來了！我不是說章京即是節度，不過那些權勢品級都像一樣罷了。」平川聽得，覺這話很不入耳，便又問道：「弟聞京卿王照君也到了敝國，他現在哪裡？弟甚欲與之相見。」康有為一想道：「王君現在抱病，不能見客，改日相會罷。」平川又問起他逃走時的情形，康有為要顯自己本領，更不說是宮崎寅藏，只說得自己神出鬼沒，為北京官場偵探不到而已。平川隱忍不過，即直說道：「聞足下逃時，曾逃在敝國領事署，究竟足下從前認識敝國領事麼？」康有為一聽，卻躊躇了，繼答道：「是早上認識的。」平川聽罷，一言不再說，即興辭而去。

原來平川那人是宮崎寅藏的好友，早知宮崎氏入京救他，卻可以不認，可想見平日是沒一句真話的。就尋宮崎說道：「枉你千辛萬苦，救了康有為，他卻直認自己是認識日領事。此人好誇大，且忘恩負義，你要仔細識他才好。」宮崎道：「誰聽他說來的？」平川道：「是弟訪他，親聽他說的。」便把見康有為時的對答述了一遍。宮崎聽了，心中甚憤，即往見孫文，告知康某如此如此。孫文道：

「你休多怪，連小弟也錯識他了，不知他還弄出一件怪事。」宮崎急問何事？孫文即將他在犬養府裡時的情形盡說了出來，宮崎越聽越憤。孫文道：「看他到日本來，沒有尋我們相見，可見那不是念情的。」宮崎道：「怕他還要擺個腔子，要待人拜謁他不成？」孫文聽了笑了一會，宮崎即去了。誰想康有為天天說謊，也被日本官場盡知，也不願留他在境裡。

那一日，政府竟示意州警廳，遣他出境，警長即傳康有為到來，問道：「現在敝國政府甚欲得足下所領的衣帶密詔一看，你可能交出否？」康有為道：「我說過是失去了。」警長道：「此話難信。因此事真否，只有清帝與足下知道，其餘實沒人知見了。足下試想，你說太后謀害清帝及清帝給密詔與你，是沒有人知見的。只是你謀圍頤和園已有上諭可徵，但亦不必計較。總之，足下若不能交出密詔來看，卻把口來亂說，實在招搖，敝國卻留你不得，就請離埠罷。」康有為道：「我盡要聽候船期，方能回香港去。」警長道：「明天也有船開行了。」康有為又道：「我還要候廣東匯款來使用呢。」警長道：「你不必多候，若沒使用船費時，這裡盡能替你打算，但求早早離去便好了。」正是：乍聞逐客來頒令，應悔逢人便說謊。

電子書購買　爽讀 APP

國家圖書館出版品預行編目資料

大馬扁：政治騙術與權謀的鬥爭 / 黃世仲 著 .
-- 第一版 . -- 臺北市：複刻文化事業有限公司，
2023.12
面；　公分
POD 版
ISBN 978-626-7403-27-3(平裝)
857.7　　112019198

大馬扁：政治騙術與權謀的鬥爭

臉書

作　　者：黃世仲
發 行 人：黃振庭
出 版 者：複刻文化事業有限公司
發 行 者：複刻文化事業有限公司

E-mail：sonbookservice@gmail.com
粉 絲 頁：https://www.facebook.com/sonbookss/
網　　址：https://sonbook.net/
地　　址：台北市中正區重慶南路一段六十一號八樓 815 室
Rm. 815, 8F., No.61, Sec. 1, Chongqing S. Rd., Zhongzheng Dist., Taipei City 100, Taiwan
電　　話：(02) 2370-3310　　　傳　　真：(02) 2388-1990

印　　刷：京峯數位服務有限公司
律師顧問：廣華律師事務所 張珮琦律師
定　　價：250 元
發行日期：2023 年 12 月第一版
◎本書以 POD 印製